李汉荣

著

在更热烈的风里相遇

江苏凤凰文艺出版社
JIANGSU PHOENIX LITERATURE AND
ART PUBLISHING

图书在版编目（CIP）数据

在更热烈的风里相遇 / 李汉荣著. -- 南京：江苏
凤凰文艺出版社, 2023.4（2024.1重印）
ISBN 978-7-5594-7471-1

Ⅰ.①在… Ⅱ.①李… Ⅲ.①散文集 - 中国 - 当代
Ⅳ.①I267

中国版本图书馆CIP数据核字(2023)第003150号

在更热烈的风里相遇

李汉荣　著

责任编辑	张　倩
图书监制	马利敏　孙文霞
策划编辑	李　辉　陈阿猫
封面设计	末末美书
封面插画	阿竹 uzoo
版式设计	姜　楠
出版发行	江苏凤凰文艺出版社
	南京市中央路 165 号，邮编：210009
网　　址	http://www.jswenyi.com
印　　刷	唐山富达印务有限公司
开　　本	880 毫米 ×1230 毫米　1/32
印　　张	10
字　　数	185 千字
版　　次	2023 年 4 月第 1 版
印　　次	2024 年 1 月第 2 次印刷
书　　号	ISBN 978-7-5594-7471-1
定　　价	59.80 元

目录

在更热烈的风里相遇

第一章

我在人间，看看月亮

李白——梦游的孩子 003

千古诗圣赤子心——读《杜甫全集》 016

诗与药 025

点亮灵魂的灯 029

心中的月亮 036

不朽 048

记忆的暗河 051

第二章

我有所念人，隔在远远乡

远去的乡村　　　　　　　　057

老屋　　　　　　　　　　　060

外婆的手纹　　　　　　　　063

寂寞的稻草人　　　　　　　067

父亲的鞋子　　　　　　　　070

那一串血的殷红　　　　　　073

母亲的眼睛　　　　　　　　076

父亲的东篱　　　　　　　　080

父亲的露珠　　　　　　　　085

一双脚的故事　　　　　　　091

回忆初恋　　　　　　　　　094

童年的星空　　　　　　　　099

如果伤口会说话　　　　　　111

想念杨老师　　　　　　　　114

第三章

万物有灵，自由且美

我对不起那只兔子　　　　　　119

鸟是懂得美感的　　　　　　　125

为蚂蚁让路　　　　　　　　　128

小白　　　　　　　　　　　　131

牛的写意　　　　　　　　　　134

放牛　　　　　　　　　　　　137

猫　　　　　　　　　　　　　143

水边，那只白鹤　　　　　　　147

燕子筑窝　　　　　　　　　　152

对一只蝴蝶的关怀　　　　　　156

第四章

草木蔓发，春山可望

苔藓　　　　　　　　　　　　161

树木的美感　　　　　　　　　165

与植物相处　　　　　　　　　167

少年的松林　　　　　　　　　171

丝瓜葫芦　　　　　　　　　　173

白菜的菩萨心　　　　　　　　176

芦苇，激动人心的大美　　　　179

一株野百合开了　　　　　　　183

房前屋后药草香　　　　　　　187

第五章

有趣的人生，一半是山河湖海

小时候的河对岸　　　　　　　　193

看云　　　　　　　　　　　　　197

瀑布　　　　　　　　　　　　　200

钟乳石　　　　　　　　　　　　204

星空　　　　　　　　　　　　　207

雪界　　　　　　　　　　　　　212

凝视一朵野花　　　　　　　　　215

又见南山　　　　　　　　　　　218

月光下的探访　　　　　　　　　221

夜晚的河流　　　　　　　　　　224

林中溪水　　　　　　　　　　　227

山中访友　　　　　　　　　　　230

第六章

身着白衣，心有锦缎

对孩子说   235

时光倒流   237

目光   241

心说   249

诗意和美感的源泉   253

我们为什么活着   257

生命中柔软的部分   261

第七章

岁月失语，惟石能言

伞铺街   267

藤椅   270

贝壳发簪，秘密海潮   272

银手镯：乡村的华丽   274

顶针：一生的戒指   276

红木梳子   279

雕花木床   282

烛台：古老的守夜者   285

棒槌：河流的尤物   289

父亲和他用过的农具   293

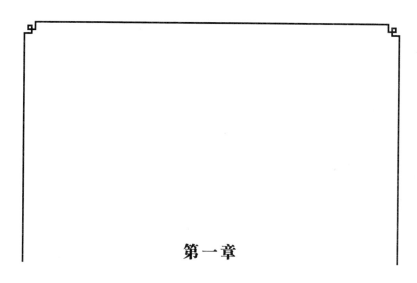

第一章

我在人间，看看月亮

李白——梦游的孩子

一、人类精神史上的奇迹、奇才、奇人

　　李白是伟大的诗人，是天才，也是酒徒。打开李白的诗，就会感到一种铺天盖地的侠气和酒气，扑面而来。好像整个唐朝就是一间巨大的酿酒作坊，长江黄河都是酒的波浪，风雨雷霆都是大唐气冲霄汉的酒令，地上的三山五岳，天上的日月星辰，都是高高举起的酒杯。我是太羡慕生在盛唐的古人了，他们简直是在激情、月光、酒和诗的笼罩下过着浪漫、微醺的日子，天天都在体验生命的高峰状态，时时都有脱口而出的千古佳句！不得了，简直了不得！大地变成了酒坛，也变成了诗坛，整个盛唐就是一个飘着酒香和诗香的巨大酒坛和诗坛（在唐朝所有的官员和书生人人都能吟诗咏文）。

　　诗与酒，成为整个民族的生存仪式和生命信仰，这简直是人类文明史的奇迹，是人类精神历程的奇迹。我当然也知道唐朝（包括

盛唐）也有不幸，也有苦难和阴影，但我相信李白时代的唐朝是最浪漫、最富诗意的，是大地史册上最精彩的一页。人的最高生存境界是"在大地上诗意地栖居"，受诗意之光照耀的唐人，曾经创造了最好的栖居方式。

唐朝是中国乃至人类历史上的奇迹，李白是中国精神史上的奇迹，是我们民族的千古骄傲。宇宙中有无数个太阳，宇宙中却只有一个李白。自然现象可以无限重复，无法重复的是巨大的精神现象。感谢李白，他用天真的诗情为我们打磨和保管了最好、最皎洁的月亮，我们的夜晚从此不会变得伸手不见五指，即使在漆黑的夜半，也总有他月光一样的诗句为我们照明。感谢李白，他用瑰丽的诗篇为我们酿造和储藏了最好的生命美酒，即使在市侩当道、伪劣盛行、诗意稀薄的浑浊年代，我们打开他的诗，就打开了真情弥漫、灵性芬芳的千古窖藏，我们仍可以邀明月共饮，与北斗碰杯，与永恒共醉，我们一度变暗的心灵又被盛唐的月光照亮，我们萎靡的情怀又被不朽的诗情重新激活，重新敞开，向真理和无限的星空敞开。

"佳思忽来，书能下酒；侠情一往，云可赠人。"诗中的李白和传说中的李白，一次次进入我们的精神和生命，为我们重新配置灵魂重新换洗性情，凡是受过李白感染的人，身上或多或少都注入了古代中国的纯真情思和浪漫气息。"安能折腰摧眉事权贵，使我不得开心颜""李白斗酒诗百篇，长安市上酒家眠，天子呼来不上船，自称臣是酒中仙""五花马，千金裘，呼儿将出换美酒，与尔同销万古愁"……李白天真得可爱，纯洁得可爱，豪放得可爱，我不知道如今世上还能找到几个像李白这样可爱和有趣的人。反正我找了半辈子，至今还没见到踪影。

二、他在梦境里梦见另一个梦境

　　李白的一生，是醉酒和梦游的一生，随便翻开他的诗，就有一种酒气和醉意扑面而来。他是浪漫主义的酒仙和超现实主义的诗仙。左一杯黄河，右一杯长江，诗笔一挥就是半个盛唐。凡他足迹所至，都留下动人的酒令和精彩的诗句。天生一个月亮照亮了万古夜，天生一个李白浪漫了万古心。山因李白增色，水因李白添美，月亮因李白更皎洁，宇宙因李白更深邃。我们的大地，因留下了李白的足迹而更值得留恋；我们的母语，因收藏了李白的韵律而更富于魅力；我们的人生，因沐浴了李白的诗情而更值得一过。

　　我常想，我这一生乏善可陈，唯一可以自慰的是我与李白同姓，即使我一生碌碌无为，即使我一路荆棘缠身，我也不会轻易自杀，万一不小心一念之差把绳子刀子套上脖子，我会忽然记起"黄河之水天上来，奔流到海不复回"的好诗，啊，去你妈的刀子绳子，我哥哥李白亲口给我叮咛过：我随黄河天上来，我怕什么奔流到海不复回！于是，我"砰"一声踹开门，"仰天大笑出门去，我辈岂是蓬蒿人"，我提了一瓶五粮液，去找我的李白哥哥，换他的一千三百年唐朝陈酿老窖，我与他，尽挹西江，细斟北斗，万象为宾客！一杯一杯复一杯，与尔同销万古愁，喝上三天三夜，再喝三天三夜，还要喝三万三千六百个日日夜夜，直到喝干天上一千条银河。

当你知道天才的唐朝是醉醺醺的，天才的李白是醉醺醺的，唐朝的文化是醉态文化，唐朝的人生是梦态人生，你就会明白，李白的诗，绝不能以清醒的、常人的意识去解读，更不能以实用的、狭窄的、庸俗的、小资的，过于唯物主义的眼睛去解读，那就看走眼了，把李白看偏了、看俗了、看小了。为什么呢？因为李白是满怀着激情和醉意，用一双天真的、清澈的、飞扬的、迷狂的醉眼俯仰宇宙，激赏万物，领略大美。他的眼睛看见的宇宙万象，类似于婴儿第一次睁开眼睛打量世界，那是投向世界的第一瞥，那是一个精灵第一次与宇宙发生的类似于开天辟地的神话般的、如梦似幻般的相遇和初恋！如同天真看见了天真，如同彩虹看见了彩虹，如同梦境里梦见了另一个梦境，他们看见的不是我们这些俗人眼里的这个见惯不惊的世界，这个住久了、用旧了、活腻了的过于熟悉和沉闷的老世界，不，映入他们——映入孩子眼中的，是亦真亦幻的"幻象"，是宇宙展开的不可思议的奇迹，以及这奇迹对他们心灵的持续震撼、无边笼罩、多情撩拨和神秘暗示，是宇宙的万千幻象带给他们的一连串的惊奇、惊讶、惊艳和惊叹。

三、世故社会里永远长不大的孩子

我通读了《李太白集》里的千余首诗，我对李白有一个不容商量的印象：李白哥哥，他就是一个一生都没有长大的好哥哥，一个可爱的大孩子，他到老都没有我们所谓的"成熟"，没有丝毫的世故和圆滑。在儒教占统治地位的古老中国，在等级森严、城府深深的宗法伦理社会，绝大多数读书人为了进入上流社会，为了求得功名富贵，都把自己打磨成处事练达、待人得体、进退有方、心机颇深（所谓"外圆内方"）的阅世高人或处世人精。而李白一生似乎都没有接受所谓的主流价值观，一生都拒绝进入伦理等级的樊笼，一生都没有学会也不屑于去学会攀龙附凤、趋炎附势的人生依附学、溜须拍马学、随波逐流学。"我本楚狂人，凤歌笑孔丘"，可见李白不屑于做孔教的信徒，这不只是理性的选择，更源于他与生俱来的精神血统和价值认同。他祖籍碎叶（即今吉尔吉斯斯坦境内），有着桀骜不驯的游牧血统，大约五岁时他才随家人迁居内陆腹地，在文化根性上他先天就属于另类，后来也极少受世俗伦理文化的习染而过分崇尚功名利禄，骨子里多的是傲骨而没有媚骨，心性里多的是浪漫激情而很少实用理性。他崇尚的文化，是楚地那弥漫着神性和巫性、蒸腾着醉意和诗意、将有限人世和无限时空打通得如痴如狂、如梦如幻的诗性文化。他崇拜的人物，是庄子、屈原这样的集天地万物灵气于一身的"天人"和"赤子"，而对那些终生都浸泡在世俗等级池塘里经营功名利禄的士大夫阶层，他是看不起的。他不屑于像他们那样把人生的赌注都押在体制的赌场上，那种孜孜于追求仕进的"君子"，在他眼里，其精神格局和生命气象，如同在蜗牛犄角里做道场，在蚂蚁窝里争输赢，那境界和格局，实在是太小太小了。

李白一生都在不停地跋涉和漫游，在山水间跋涉，在梦境里漫游。他是在瑰丽奇幻、深挚迷醉的浪漫梦境里漫游了一生。这个大孩子好像没有家，他是以天地为家，以万物为友，以日月星辰为路灯，以无限宇宙为旅馆，以浩浩长风为导游，以银河为专列，以彩虹为专机，他游遍奇峰巨壑，他阅尽万里山河，他还想游遍宇宙星空！他想在有限之生里，穷尽无限之谜，猜透这个无比庞大、无比神秘、无比深奥的永恒宇宙的哑谜！他走在追寻的长路上就是走在家里，他走在地球上，却幻想着他就要走进宇宙的中央办公厅，就要走进储藏着无穷神话和奥秘的上帝的那间神圣密室。

大孩子，这就是我通读李白全部诗作之后对他的整体印象。

四、呼作白玉盘：大孩子心中的月亮

孩子总是多梦的，李白这个大孩子的一生，就是做梦的一生，是在梦境里漫游的一生。

此文仅以李白诗中呈现的月亮、山水之意象，略窥诗人的梦态人生和醉态诗境。

恰如天下的孩子都痴迷那凌空出现的月亮，都喜欢在月光下仰观宇宙之大，冥想万物之谜，都喜欢在月夜里奔跑、丢手绢、捉迷藏、数星星、看银河、想嫦娥、说牛郎，大孩子李白也是这样。他一生都酷爱着月亮，礼赞着月亮。在他眼里，月亮，那不大像是一个具体的东西，而是他在梦中遇见的一个神物，或者，那是宇宙在它自身的恢宏大梦里梦见的一个幻象："小时不识月，呼作白玉盘"，从那白玉盘里，手一伸，就可以取出嫦娥姑娘送给我们的桂花糖。白玉盘，白玉盘，不仅是玉盘，而且是洁白的白玉盘，可以看见盘子边上吴刚师傅亲手画上去的精致花纹——此刻，你不妨抬头看天，你还能找到那个白玉盘吗？你看见的是什么呢？如今的月亮已经变成了一个灰不溜秋的破瓦罐！对不起唐朝，对不起祖先，对不起嫦娥吴刚，对不起李白哥哥，我们弄丢了你的千娇百媚的白玉盘，我们头顶只剩下了一个灰不溜秋的破瓦罐！我们若是丢了十块钱，就会难过三天，我们丢了那么好的无价的白玉盘，却不知道心疼，我们傻啊！我们得赶紧连夜行动，找回那个千古宝贝，找回那个白玉盘，还给李白，还给人民，还给众生，还给童年，还给爱情，还给心灵，还给诗歌，还给上苍，还给宇宙。在长大了的李白眼里，月亮仍然是那梦中幻物，而非物化的实在之物："花间一壶酒，独酌无相亲。举杯邀明月，对影成三人。"瞧，大孩子举杯相邀，月亮立即应声而来，天、地、人、月顷刻相依相融。"我寄愁心与明月，随风直到夜郎西"，月亮，是这位大孩子的贴身信使，瞬间可达千里，将真挚友情进行超时空快递。

"床前明月光，疑是地上霜。举头望明月，低头思故乡。"这首妇孺皆知、明白如话的童谣似的短诗，何以能感动千古读者？那是因为这个大孩子说出了我们人人都有的情感体验：无论身在故乡或他乡，在寂静的月夜，当我们一梦醒来，低头看见，床前，月光厚厚地、一层挨着一层落下来，积攒在那儿，似乎是可以用手掬起来赠给友人和亲人的。呀，这伸手可掬的月光，既是渺渺天意，也是厚厚人情，明月在这里，明月在所有的地方，明月在所有的夜晚，明月在所有思念的床前，明月把所有的故乡都幻化成陌生的他乡，明月又把所有的他乡都塑造成相似的故乡。

李白是怎样离开这个世界的呢？大孩子李白，到最后的时刻他仍是一个大孩子，仍保持着他的赤子之心，做着他的赤子之梦："青天有月来几时，我今停杯一问之。人攀明月不可得，月行却与人相随。皎如飞镜临丹阙，绿烟灭尽清辉发。但见宵从海上来，宁知晓向云间没？白兔捣药秋复春，嫦娥孤栖与谁邻？今人不见古时月，今月曾经照古人。古人今人若流水，共看明月皆如此。唯愿当歌对酒时，月光长照金樽里。"一生一世，这个大孩子都沉浸于宇宙万有的终极之谜，都在纯真的心里发着永恒的天问。传说李白是抱月而去的，他的死不是死，不是生命的终结，而是一个大孩子，一个宇宙之子抱着月亮远游他乡去了，月亮照耀了他一生，最后月亮带着他走了，重新开始了他永恒的浪漫梦游。

五、相看两不厌：大孩子眼中的山

且看这个大孩子眼中的山："山从人面起，云傍马头生。"险峻的山从人脸上陡然耸起，乌云傍着马头磅礴飘卷，人与山，同构了一个极端惊险的意象；云与马，共舞于一个深不可测的瞬间。人与马，既是天地的过客，也是构成天地万物之根源和万有之谜的一部分。

短短两句诗，寥寥十个字，似乎不经意间脱口而出，却浓缩了可以无限阐释的象征意味和诗学蕴藏，我们可以联想到：宇宙与生命的悲剧起源和惊险处境，想起必然降临的生命之旅和同样必然降临的生命终结，如山耸山崩，如云生云灭。这既是自然险境的写实，也是梦境的实录和造像，更是万物命运的象征。在李白那里，自然和人世万象，都不是逻辑和理性的产物，而是不可思议的宇宙大梦中闪现的奇异情景，是非理性的生命舞蹈和梦幻造型。

在我国古代诗人中，最富于浪漫情怀、终极关切和宇宙意识的有两位诗人，即屈原和李白，这两句诗就包含着追问天地如何起源的宇宙意识和生命意识，诗句有四个意象：山、人面、云、马头；两个虚词：从、傍；两个动词：起、生。极有限的篇幅，却压缩着无限的内涵，因为在诗人的瞬间直觉里，挟带了长久积压于潜意识中的生命困惑和宇宙冥想，天才的灵思和精良的造句，构成了一个浓缩着无限能源的语言和情思的核反应堆，足以释放远超过其语言体积无数倍的精神能量。

由于平日沉浸和笼罩于心的，总是对万有之谜和生命奥秘的无限关切和永恒冥想，所以无论何时何地一旦灵感袭来，脱口而出，总能倾泻出言有尽而意无穷的深长意味，寄托遥深，意境幽眇，有如神谕。这两句诗，是直觉的和具象的，有着如临其境的现场感、惊险感、压迫感，却在直觉和具象里，灌注了抽象的追问和无限的冥思，由眼前险境，引人沉思和联想关于生命与宇宙的终极奥秘。于是诗就具有了大于诗高于诗的宗教追问、哲学幽思和宇宙隐喻——这并非我的过度阐释，因为，孩子的天真话语里，看似无心无意，却有着天地心和无限意。小孩子常常就是大哲学家，不经意间说出了庸碌成人决然想不到也说不出的深刻的真理。对李白的天真诗和豪放语，当作如是观。

"夜宿峰顶寺，举手扪星辰。不敢高声语，恐惊天上人。"在这个总在梦游的孩子那里，现实和梦境，此岸和彼岸，碧落和黄泉，有限和无限，人界和仙界，是没有距离的，它们本是一体的多面，是渺渺大幻里纷呈的心象，"寂然凝虑，思接千载；悄焉动容，视通万里"；人在红尘，心通苍冥。在这座夜的山顶上，那伸向星空的手，已然与永恒相握，能否升天已不重要，此时，他的心魂已经抵达天庭的深处，他已经是天上人，有了天上的户籍。

"相看两不厌，只有敬亭山。"李白面对的山，不是我等俗人眼中的石头之山，更不是用于"开发利用、升官发财"的商业矿山和旅游景点，而是有着高贵风骨的朋友，是从远古就一直站在这里，等待倾心交谈，等待生死相托的忠诚不渝的伟大朋友，李白与山久久相望，他望见了什么？他望见了一种侠肝义胆，望见了一种地老天荒也不会风化的忠贞情感。

六、别意与之谁短长：大孩子眼中的水

再看这个大孩子眼中的水。"黄河之水天上来，奔流到海不复回。"大水从何而来？大孩子说：从天上来。是的，这大水是从天上来，这大地还不是从天上来？这地球还不是从天上来？这万事万物，皆是从浩茫天宇间奔涌而来、一闪即逝的壮丽幻象；同样还是那条大河，梦游的大孩子再看它依然是："西岳峥嵘何壮哉，黄河如丝天际来"，那一根细若游丝的琴弦，弹奏着万古烟云，送走了百代过客。他看长江："登高壮观天地间，大江茫茫去不还。"他看见的是不停地与我们相遇又不停地与我们告别的长江，那已不仅仅是一条大河奔涌于天地之间，那是一位独自穿越茫茫时空的孤独大侠的苍凉背影；同时，孩子眼中的一切，既是如此神奇，又是这般多情，"请君试问东流水，别意与之谁短长"。长江之水已经够深够长了，而李白心中的感情，比江水更深更长，一切物化的实用的尺度都无以测度和丈量。"桃花潭水深千尺，不及汪伦送我情。"在李白眼里，天地间浩荡的春水秋波，绝不是被科技异化了的我们这些现代俗眼里的所谓"氢二氧一"，不是所谓的化学元素，不是所谓的用于买卖和消费的水资源，不，不是这样的。在李白眼里，那清清泉水、盈盈春水、耿耿秋水、浩浩江水，都是荡漾于天地间的情感波澜和思念深泽，都是永恒地奔涌轮回于时间河床上的记忆波涛！汪伦，一位酒馆的小老板，一个民间知音，一个草根友人，

在大孩子李白心里的地位，却超过了帝王将相，超过了一个王朝的分量。古往今来，在秋水之渡和春江之岸，有多少惜别和相逢，有多少泪眼和惊喜？因了岸上的汪伦对李白的踏歌相送，全中国的河流，从此都有了桃花潭水的幽深，千年的河岸，绵延着动人的诗意和温情。

"仍怜故乡水，万里送行舟。"你看，这个离家远渡的游子，这个可爱的深情的大孩子，他在动荡不已的岁月之舟上，看见了人世的深情；你看，这满当当的一江澄碧，正是从故乡一路追来的水，紧紧抱定他的倒影不放，依依地诉说着，叮咛着，依依地为他送行……

| 千古诗圣赤子心——读《杜甫全集》

作为凡人的杜甫

诗人杜甫以他诗歌创作的实绩，以他忧国忧民、忧天忧地的赤子情怀，尤其是他将律诗创作的意境、格调和语言提升至空前高峰的卓越贡献，被后世誉为诗圣。我国数千年诗歌史，诗圣只此一位，他的地位十分崇高。

圣，是后人对逝者生前言行品格的评价和追封，表达尊敬和崇仰。我通读了《杜甫全集》，感到杜甫在世时，其言行品格体现出他是实实在在的一个好人、凡人。他是很平凡的一个人。

人们说：把简单的事做好就不简单，把平凡的人当好就不平凡。大道至简，我以为此话揭示了做人处世之大道。杜甫一生，无须神化和圣化，他就是老老实实做人、严严谨谨做事、勤勤恳恳写诗。

他的一生体现了一个字：凡。

他早年也参加科考，想弄个一官半职，对国家做点事；他也想把日子过得好一点，住房稍微宽一点，能有个读书写作的小书房。他的好朋友、当时的成都尹兼剑南节度使严武资助他修缮了成都草堂，使他有了一段暂时安稳的生活，有了一个放稳书桌的地方，他对此很感激，多次在诗里表达对严武的感念。在国难当头的流浪途中，他做过郎中，采药制药，望闻问切，为病人提供一条龙服务，收取一点低廉的辛苦钱，供一家老小糊口保命。他心疼妻子，惦念儿女，他是一个好丈夫、好爹爹。他后来当了个副科级小官"左拾遗"，按时上下班，将办公桌擦得锃亮，文件摆放得律诗般整齐，像写美文一样仔细撰写公文，从不收受贿赂，别人的酒都不随便喝一口，偶尔与同僚下班后喝一杯酒，他也是不会白喝的，一定要赠一首诗作为答谢。他是一个勤政廉洁的模范公务员；他爱朋友，念故旧，他对李白的友情很深挚，梦里都担心李白被魑魅魍魉害了。他爱山河自然，爱草木虫鱼，爱琴棋书画，爱明月清风，爱君子美人。当然，作为最善于运用语言的诗人，他爱语言，爱诗，诗成了他的生命信仰……

以上，常人也能程度不同地做到。你说杜甫平凡吗？当然，平凡。

但是，他能成为人们心中的千古圣人，他的貌似平凡的一生里，必有一般凡人达不到的非凡之处。

作为诗圣的杜甫

有一说法：智极成圣，情极成佛。智慧高深到极致境界就成了圣人，情感仁慈到极致状态就成了佛陀。

诗圣杜甫就是如此。且看：一般诗人写诗，表情达意即可，讲究点的，追求意新境阔、追求炼词炼句炼意以达到"人人意中有，而人人笔下无"的效果，若有那么两三首能传至后世，就很安慰了，比起速朽的身体，自己的才情好歹也算"不朽"了。杜甫不然，他对写作、对诗歌、对语言，有一种圣徒般的虔诚，几乎达到迷狂状态。他说过："文章千古事，得失寸心知。"他把写作当成千古盛事，从事文字的人怎么能敷衍千古呢？他发誓："语不惊人死不休。"他要求自己写的诗，不仅感人，而且要惊人，对读者产生电击般的心灵穿透和情感战栗，使读者对诗的意境和蕴藏，产生深刻的心灵共鸣。诗人笔下的语言，应该如同夜晚的闪电，嚓—— 一下子就解剖了黑夜，一下子把群山放倒在手术台上，嚓——那闪电，一下子又把群山扶起来，人们猛然看到了黑夜的骨骼，看到了宇宙无穷的深黑里，闪电划开的口子里，奔涌着赤子的魂魄。

杜甫是最善于"语言炼金术"的语言大师。语言在他笔下，不是简单的表情达意的工具，语言就是存在本身，就是生命本身，语言就像那燃烧的星辰构成了意义的深海和充满暗示的深奥宇宙。

那些常见的文字和意象，经由他深沉情思的驱遣和重组，忽然都变得灵光四射而又难以一眼看透，意象之光的繁复交织和相互辉映，使本已极其充实的语境里，又罩上一重重灵思和暗示的光晕，语言的暗示、象征、隐喻功能在他笔下得到了最大化的增值。他的那些精美杰作，每一首都如一座语言的核反应堆，浓缩着高浓度的精神能量和高强度的心智感染穿透力，给人以无尽想象的空间。从而在七绝、五绝、七律、五律这种仅有几句、仅有一二十个字的极有限的苛刻篇幅里，压缩了可供无限挖掘和反复解释的情思矿藏和想象时空。我们可以静心细读和体味他的那些七律七绝、五律五绝，就知道他的汉语运用的水平达到了怎样高超、高深、高妙的化境，那真正是字字钻石，句句珍珠，首首皆精品，篇篇是华章。所以后世诗人和学者都公认杜甫是律诗和绝句的圣手。

就他对诗歌和汉语的伟大贡献而言，我们应该永远感谢杜甫，杜甫是我们永远应该尊敬的写作老师和语言老师。他还要求自己写的诗，不只感动当时，而且要能穿越时空，感动千古："尔曹身与名俱灭，不废江河万古流。"是的，那些为虚名浮利、为一时的掌声和花环而制作的轻浅的花言巧语和时尚文字，将很快被遗忘，其名声比其肉身会更快地消失，只有伟大深沉的心魂和由这心魂凝结的伟大深沉的文字，才会随那江河万古流。杜甫，他做到了，就在此刻，我笔下流淌的，正是杜甫的诗句，是杜甫的心跳、心血和心魂。

一般的人做人，做个本分人就行，不害人就行。你对我好我对你也好，对天下国家有感情就行，自己过不好时顾不得别人，自己日子过好了才想起帮帮别人，对草草木木虫虫鸟鸟不一定很同情，对人心善就行——当然，一般人做到这样也不错了，你不能要求所有人都是菩萨和尧舜。但是，杜甫不是这样，杜甫对人、特别是对百姓，对朋友，对国家，对天地自然和万物生灵，都有着非常真挚、笃诚、深沉的感情。

在"朱门酒肉臭，路有冻死骨"的昏天黑地中，他整夜整夜地失眠，悲悯受苦受难的百姓。在逃亡途中，不顾自己骨瘦如柴，若有一点吃的，他也要分一些给更可怜的人。唐朝快垮了，他苦闷焦虑得想哭，他竟然牵挂着试图重整江山的唐肃宗，他担心这位临危上台、日夜操劳的皇上能不能吃上一点肉补补身子。他比皇帝还爱江山和社稷，他眉头经常皱着，他皱着的眉头绝不是像贪官污吏之流的眉头，贪官污吏之流皱着的眉头盘算的是把天下的金银财宝都弄到自家的账号里和库房里，杜甫皱着的眉头纵横交织着的是国家的忧患、众生的苦难和人民的眼泪："感时花溅泪，恨别鸟惊心"，"万古一骸骨，邻家递歌哭"，他为不幸死去的可怜百姓哽咽痛哭。他深沉的感情由人及物，他牵念天下，泛爱万物，同情生灵，"旧犬知愁恨，垂头傍我床"，陪他多年的一只老狗也懂得人世的悲苦，替他分担着忧愁，他也怜惜着这只狗，生怕它死了。而当日子稍好，他就以宽厚的心境，分享着万物生长的喜悦和生灵的闲适："细雨鱼儿出，微风燕子斜"，我们能想象他时而水边俯首，与鱼儿同游；时而风中仰目，与燕子同飞。"留连戏蝶时时舞，自在娇莺恰恰啼"，他流连着生灵的流连，自在着万物的自在。他是如此地挚爱大好河山："无边落木萧萧下，不尽长江滚滚来""锦江春色来天地，玉垒浮云变古今"。他的血脉里澎湃着古海长河，他的心魂里巍峨着高山大岳："窗含西岭千秋雪，门泊东吴万里船"，他从一个窗口看见千秋和永恒，他从一扇门里看见万里和无限。他爱家乡，有着浓得化不开的乡愁："露从今夜白，月是故乡明"，露，此前并不太白；月，此前也并不太明。自从被他深情的眼睛一夜夜提炼，被他真挚的诗句一字字点染，我们的故乡，终于才有了如此白的白露，如此明的明月。还是那明月："卷帘还照客，倚杖更随人"，卷了竹帘，送了客人，那深情的月光仍照着客人归去，那深情的月光不忘记给那颠簸的影子也递过去一根拐杖。他热爱着朋友李白，但并不是为了求当时已名满天下的李白，给自己写评论推销，刷微博扬名，或者借用李白的人脉为自己在唐朝作协弄个理事或副主席的帽子戴到头上唬人（唐朝没作协），没有，半点都没有。他曾经连续三个晚上都在梦里梦见李白："浮云终日行，游子久不至。三夜频梦君，情亲见君意。"他挚爱李白，这是诗人之爱，精神之爱，纯洁之爱，不是爱他的身外之物、之名，他爱李白的才华风骨，爱李白的浪漫天真。他爱着一颗高洁灵魂闪耀的生命光芒和精神光芒，这是才华对才华的欣赏，这是诗对诗的致敬，这是精神对精神的拥抱。

爱在爱中满足了，友谊在友谊中满足了，诗在诗中满足了，精神在精神中满足了。在杜甫那里，爱之外，诗之外，友谊之外，精神之外，再没有更有价值的东西。今天，我们还有这样纯洁深沉的感情吗？

对生命和万物的赤子深情，伴随了杜甫一生。这种体现人之最宝贵品质的深情，没有因为时光推移而淡化，没有因为常人所谓的成熟和老练，而有一丝一毫变质和打折。终其一生，杜甫都是深沉地为感情活着的人，从而才有了那沉郁顿挫、感天动地的不朽诗篇。

雨夜细节：韭菜与那首五言诗

"安史之乱"后，那一年春天的一个雨夜，杜甫拜访久别多年的老友卫八。离久聚暂，相见甚欢，他们拉开话匣子，说人生易老，说儿女成行，说生离死别，说得眼泪汪汪。

叙说了一阵，开饭了，"夜雨剪春韭，新炊间黄粱"。米饭里掺着金黄的小米，饭香而可口，菜是土鸡蛋炒韭菜，味道清爽，难得地为瘦弱的杜甫补充了蛋白质。"安史之乱"后，整个唐朝都饿，整个唐朝都营养不良，唐朝的脸上泛着菜色。

这个夜晚，生活并不宽裕的主人，慷慨地接待了杜甫，接待了诗，为诗改善了生活，也顺便为骨瘦如柴的历史补充了一点营养和蛋白质。"主称会面难，一举累十觞！"主人说："杜甫兄弟，见一面不容易啊，咱哥俩今晚一定要一口气把十杯酒干了！""十觞亦不醉，感子故意长。"杜甫连干三杯，说："就是连喝十杯也醉不倒我，因为你这诚挚的情义无限深长啊。"

那夜，雨淅沥下着，透着一股春寒，主人的夫人生火做饭的时候，主人就去门外菜园里剪韭菜，杜甫是厚道人，也是勤快人，他怎么好意思让老友忙这忙那，自己却坐等开饭吃现成的？"我们一起剪韭菜吧。"说着，杜甫就与老友到了菜园，韭菜水灵灵的。国家东倒西歪，韭菜却长势良好；朝廷树倒猢狲散，民间还保存着淳朴礼仪，你看韭菜是如此认真细腻，是如此诚恳亲切。韭菜一行一行的，雨落下来，一行一行的韭菜，就排列起一行一行的泪珠，排列着一行一行的诗，是的，是一行一行的五言诗啊，整整齐齐的，清清爽爽的，押着韵的，合着平仄的，这不是天然的五言诗吗？

与老友一同在雨地里剪着韭菜，杜甫眼睛有些潮湿，他没有让老友看见，只说，这雨水落在眼窝里，也想在我眼睛里住下不走了。可是，"明日隔山岳，世事两茫茫"，今夜之后，明年的春雨，后年的春雨，以后千年万载的春雨之夜，我们还能遇到吗？一行行韭菜，就泪汪汪地排列成一首深情的五言诗。

直到此刻，在我的窗外，那场雨还在淅沥着，那菜园里一行行韭菜，还在泪汪汪地默念着那首五言诗……

就这样，一千多年前，那个雨夜里的春韭，被杜甫保鲜在一首诗里，至今仍散发着清香。

| 诗与药

　　前些时候读已故诗人冯至先生写的《杜甫传》一书。书写得平实可信，叙述诚恳而质朴，没有一般传记作品常见的毛病，比如过多的抒情和哲人式的评价，以至淹没了传主本身的生命历程和品格风貌。读者看到的只是传记作者用自己的思想和情绪对传主的阐释与渲染，正所谓"喧宾夺主"，传主本人的生平、情怀、遭际、作为，反而被叙述之外过多的虚饰之词遮蔽了。我读《杜甫传》之前，也有一点担心，作者会不会对一位伟大诗人投注过多的赞美，而忽略了对他平生经历包括性格弱点的翔实叙述？杜甫作为诗人的伟大是人所共知的，我想了解作为普通人的杜甫的平凡实在的一面。

　　读罢全书，我觉得这是一本朴素诚恳可信的书，我读到了一个伟大诗人的平凡之处，也从这平凡之处更感到了他的不容易，他的伟大。在那遍地烽火、国破家亡的苦难岁月，一个人能活下去已属不易，而他一边受苦、逃亡，一边忧患天下，还要苦苦锻造诗歌，像收养孤儿一样收养和安顿每一个文字。一个强盛的王朝终于无可挽回地衰落了，而他，骨瘦如柴的他，无家可归的他，却以一行行凝着血泪的文字，打造了一个不朽的诗的王朝。这本书，是一颗诗心对另一颗诗心的深挚观照，是一个诗人对另一个诗人的遥思和凭吊。

给我留下深刻记忆的是写杜甫在生活艰辛、衣食无着的逃难日子里，他曾沿途采药、替人治病，收点微薄的钱以接济贫苦的生活。看来杜甫是懂医的。采药、制药、看病，他一个人为患者提供的是"一条龙"服务。伟大诗人曾经做过小小的郎中。我又想到，在古代，文、史、哲、医并不截然分家，文人们大多数也许都是懂医道的。中医从哲学得到直接启发，阴阳、虚实、表里等既是古典哲学的范畴，也是中医的基本概念，医书大都写得文采华赡，诗味浓郁，医书简直是用文学语言写成的哲学。所以在古代，文人懂医道也许是基本素养，不足为奇，而确确实实亲自上山采药，亲自制药卖药，亲自行医的，并不多见。当我读到杜甫在成都、在甘肃同谷等地卖药行医的叙述，我的确有点感动。

诗或许也是一种药，尤其是古诗，似乎都像古老的中草药。不仅指诗的功能，其对人生创痛的抚摸，对生命孤独的体贴，对受难灵魂的安妥，这大约都是诗的"药效"吧。而且，你打开《诗经》一直读到唐宋元明清，你不仅嗅到了几千年诗的苦香，也会同时嗅到几千年药的苦香，诗里面所写的那些数不清的植物，有多少本来就是药草啊。《诗经》里的车前子、木瓜、艾，以及后来诗中出现频率越来越高的菊、芍药、莲子、灵芝等，都是清凉平和、消火解毒的良药。有时读到一首咏物抒怀的古诗，其中所写的植物大都是药。这首诗就可以当作药方了。我发现诗人在情怀比较平和、冲淡、宁静时写的诗里，其所写的植物也就是平和、冲淡、苦中带甘的那类，近似于"温补"的那种药。在孤寂、荒寒的心境下写的诗，其中就多了些古藤、老树、古柏、落叶、残枝，透出一派寒凉、孤弱的苦况，令人感到诗人病得不轻，需要好好"温补"一下。那些激愤、悲烈的诗，让人感到无论是诗人或者是当时的众生与社会，均已被病苦折磨得太久，寒火已深入血脉，外感风寒，内伤湿滞，表里俱实，阴阳不调，急需去寒解火，综合调理。这就需要良医良药，当然也要病人自己善于自我调养。

诗或许也是一种药，在多数情况下，诗人和他的诗并不能改变社会的命运，甚至诗也并不能改变诗人的命运；或许是诗有不如药的地方，但诗是另一种药，至少，诗人在写诗的时候，诗抚慰了他孤寂的灵魂。他笼罩在诗的情绪里，如同病人笼罩在药的气息和烟雾里，在这一刻他得到了天地之灵和万物之气的灌注与补充，随诗降临的精神支持了一个为某种精神活着的人。诗不像药那么及时和有效，但伟大的诗可以穿越时空，进入很多人的灵魂，使之感动并获得滋养。

1998年夏天，我到甘肃成县（即古代同谷县），拜谒了城郊的杜甫祠堂。祠堂依山临河，山仍是当年的山，是杜甫采过药的那座山，只是山上树木已显得稀疏。望着山上的小径，我想象着杜甫当年拖着老迈之躯冒雨上山挖药的情景，他一定是憔悴瘦弱、脸上泛着菜色的。据说当时的同谷县令对杜甫一家逃难流落此地，非但没有给予同情和帮助，相反，这个庸俗浅薄的芝麻小官以地方土皇帝的傲慢，居高临下地冷落和羞辱杜甫，连间小房子也不愿提供，杜甫一家只好栖身于临时搭起的草棚里。杜甫在同谷居住三四个月，就靠每日采药、为当地百姓治病，艰难地维持一家老小清苦的生活。一个食不果腹、骨瘦如柴的诗人在近于乞讨的艰难日子里，依然孜孜不倦、一字一句地推敲锻打着诗歌的不朽王朝，他在同谷逗留了不长的时间，却写了一百多首咏同谷的诗。我和同行的友人向杜甫雕像深深地鞠躬，并将一杯杯酒祭洒于诗人面前。然后，我在祠堂外的山上，沿着一条小径走到柏树林中，小径上长满了车前草、灯芯草、野薄荷、柴胡、前胡等草药。我想，这些药或许都被杜甫当年采过，它们的种子一代代延续下来，我闻到了苦涩芳香的气息，正是杜甫当年闻到过的那种气息。

是的，一千多年了，或者再过几千年几万年，药的气息不会改变，它缭绕人世的疾病和痛苦，它使短暂的人生与无穷的自然久远的历史发生深刻的联系。我采了一枝薄荷夹进随身携带的《杜甫诗选》里，杜甫采过的药和杜甫写下的诗又在一起了，诗与药见面了，它们彼此呼吸着对方的苦香……

｜ 点亮灵魂的灯

　　弘一法师（李叔同），是近代中国少有的圣人之一。我读他的传记，知道他也是由迷而悟、由俗而圣的。圣人并非天成，也需要修行，需要不断超越、升华，并在升华中达到的境界里全身心沉浸，渐渐地身心俱净，表里清澈，灵与肉均进入另一种状态。那或许是荣辱皆忘、魂天归一的大化之境，或许是悲天悯人、慈爱盈胸的大爱之境。很可能，这两种境界是共存于圣人心中的。在游目万类、寄情自然的时候，也即"审美"的时候，圣人是以前一种心境观照天地；而在体察人世和生灵的境遇时，圣人是以后一种心胸同情着一切。

　　在他成圣之前，也即他"迷"着、"俗"着的时候，从他的照片里，可以看到那是一个逞才使气、风流倜傥的才子李叔同，目光和神态里流露出类似"成功人士"的几分自许和得意。你可以佩服他，但很难去尊敬他，那时他不过是一个高雅的、有出息的俗人而已。而他削发为僧、一心求道学佛以后，他真的渐渐变成了弘一法师。从照片上看，他的眉宇、目光、神情，都透出一种淡远、虚灵的气质，到后来，他终于完全褪尽俗气，整个儿看，从形与神、灵与肉，从看不见的精神内核的深处，透露出的是无比高洁的、完全精神化了的气息。那个肉身的李叔同、世俗的李叔同似乎已经蒸发了，留下的是一个纯粹的、被某种神圣的阳光熔铸而成的弘一法师——一个彻底皈依了某种精神信仰，又从自己内心深处发出精神之光来照耀这个世界——这样的人，就是生命被信仰照亮的人，也就是"道成肉身"。他的身体成了一座庙宇，守着这座庙不是他活着的目的。他是要在这庙里点燃一盏心灯，供奉一个伟大的灵魂，并用这心魂的光芒照亮存在的暗夜，照亮一切未明的事物，让生命和宇宙彰显出神圣的意味——这才是活着的目的和意义。

说到"肉身"这座庙，我们每一个人都有一座。恕我直言，现在的人越来越注重肉身，越来越轻淡灵魂，以至于许多人仅有一具无灵之躯了。肉身的装饰、肉身的填充、肉身的快感，成了唯此为大的事，而肉身之内，除了层出不穷的欲望和本能冲动，已经没有了灵的位置和空间。西方哲学家批判现代消费主义、享乐主义、物质主义异化了人生，从内部瓦解和抽干了人性，说现代商业社会的人不过是一些没有灵魂的"欲望之躯"，可谓点中要害。我们看到，多少人把肉身这座庙填充得五毒俱全，装饰得五色迷眼，打造得金碧辉煌，而庙里除了欲望，没有灵魂的位置，没有灯的位置，基本上是一座空庙、一座黑庙。想来，真是有些虚妄，我们千方百计收拾着一座这样的庙，到头来庙一倒，就什么都没有了。这使我想起古代圣哲的教导，"为天地立心"。天地无心，是人把一颗大爱之心赋予了天地，天地遂有了心；反观人自身，这句话更适用，人活着本无终极的意义，是人把某种意义赋予了人，人生遂有了意义。天生了人的肉身这座庙，人一方面要维修好这座庙，同时要在庙里点灯敬"神"，点灵魂之灯，敬灵魂之"神"。是灵魂把有限的人与辽阔的天地、永恒的时空连接起来，是灵魂使我们意识到头顶的星空和内心的道德律的深沉召唤，是灵魂使我们能够在物质的宇宙里发现和敬畏一个精神的宇宙，从而在有限和速朽的人生里，感悟到不因我们离去而消失的永恒的东西——那种弥漫于天地万物、回荡于我们内心深处、轮回于时间全过程的感人神性，那种宇宙宗教感、庄严感、神圣感。我们能以有限之生，与如此广袤伟大的存在相遇并生出激情和美感，实在是值得感恩的幸运。于是，一种人生的意义感油然而生。

试想，如果肉身这座庙里，没有灯的光芒，没有灵魂的光芒，这座庙会是怎样的庙？几面肉墙、一堆脂肪之外，还有什么呢？或许围绕肉身，会得到一些短暂的快感，但不会有那种意味深长的美感；会得到一些浅薄的满足感，但不会有那种天长地久的意义感。庄子说，"虚室生白"，虚静的房间会发出白光，而杂物充塞的房间除了杂物，不会有更丰富的东西降临。人生的意义，必须在"灵魂到场"的境况下才会发生，物质并不能自动生成意义，石头是硬的、静止的，水是软的、流动的，在一双物质的眼睛里，它们只是物而已。而在一双灵魂的眼睛里，石头是建造宇宙神庙的材料，它见证了宇宙运动的神秘过程，它是时间的密码。水起源于我们的想象力不能抵达的上游，水流过世世代代人的身体和眸子，水里面保存着智者的眼神，保存着孔子"逝者如斯夫，不舍昼夜"的叹息和他投进水里的沉思的眼神，水保存着多少流泪的眼神和喜悦的眼神。与水相遇，你是与多少眼神相遇？掬水在手，你是把多少流逝的人生掬在手中？你看月亮升起，你会想起唐朝的月亮如何升起，唐朝的月光是怎样盛满诗人们的酒杯；你看见山路上的车前草，你会想起《诗经》里的车前草，想起世世代代车轮前，那摇曳着、芬芳着的车前草，于是这车前草就连接起古今的道路，我们不过是行走在古人的脚印里。由于灵魂的到场，事物就逸出了它实用性、有限性的枷锁，而与更广大的因果、更辽阔的背景发生了关联，那高出事物的有限"物性"、潜藏于事物背后的更深刻的属性——它的"神性"，就随之敞开并呈现出来。于是，我们透过世界的物质运动的轨迹，感悟到更深奥和庄严的精神运动。就这样，到场的灵魂，主持了我们与世界相遇的仪式，人生不再是盲目混乱的物质运动的一环，而成为精神照亮物质的过程，成为意义生成的过程。反之，如果灵魂不在场，一切都是幽暗的、混乱的，不与事物更隐秘的结构、更神圣的秩序发生关联的折腾，都是无意义的。

再回到李叔同。他的传记里，写他每次入座前，都要拿起凳子抖一抖，然后才落座，他怕压死了凳子上的小生命，那或许是栖息于其上的小虫子。圣人之心，既至大无外可以包容宇宙，又至小无内竟然怜悯一只小虫。他的灵魂告诉他，众生平等，无论是一个巨人、一头大象还是一只昆虫，都是无限宇宙中"呼吸的一瞬"，都是经历无穷生死轮回之后才拥有的生的一瞬，何其不易，何其当惜。伟大的灵魂里，才会有细微的情感，才蕴藏深邃的仁慈：他知道，在无限庞大的宇宙里，充满了莫测危险的宇宙里，小的，才更不容易，它们随时被忽略，随时都会受伤害。因而，小的，弱的，在一个暴力的宇宙里，在一个被弱肉强食的食物链控制的严酷世界上，它们更值得同情和怜惜。这种同情和怜惜，未必能修改进化链条的严密秩序，未必能改变弱者的根本处境，但是，它闪耀的道德光芒让被"规律"主宰的冷冰冰的世界有了几许温暖和亲切。在速度和效率之外，我们体会到一种更感人的温情和诗意。

李叔同晚期的照片，定格了一种生命的仪态、一种精神的面貌、一种灵魂的表情。与他早期的形象相比，虽不说判若两人，却是迥然有别。越到后来，他清肃的形象，透露出越来越高洁、越来越寂远、越来越慈悲的气息。有一幅他的背影照，他行走在小路上，前面是幽深的林木，他正往林中走去，反射着隐约光线的光头，布鞋里那双谦卑行路的赤脚，那安静无言远去的背影，都像写满了话语，如果他转过身来，我会看见一张怎样的脸呢？那脸或许与背影一样安静，甚至看不到确切的表情，但是，如果我们用心凝视，用灵魂解读，会从他的表情里，看到月亮从夜的深处投来的表情，看到海从盐的内部提炼出的表情，看到莲从淤泥后面升起的忧伤而芳香的表情。

这样行走在大爱和幽境之中的背影，肯定被一个深挚、宽广的灵魂引导着。灵魂到达怎样的境界，生命才拥有怎样的境界。一个俗人或恶人登上千仞高峰，他还是看不见精神的日出，因为没有灵魂引路，就没有别的力量为他去除生命中的俗与恶，纵然置身千仞，生命仍在低处。只有高处的灵魂，才能引领我们到达生命的高处、深处和幽微之处，从而能透过幻象，看见真相，又从这真相里，看到那与我们灵魂对应的"心的图像"。于是，我们从更高的层次里，与万物达成和解并融合为一，灵魂找到了它永恒的故乡。

灵魂就这样为生命引路，并且塑造着生命的姿态和表情。我从李叔同的前后照片中，清楚地看见灵魂是怎样深刻地改变一个人，包括他的情感、行为、气息，甚至面貌和背影。

康·帕乌斯托夫斯基曾经这样描述契诃夫的形象在精神引领下的前后变化，他说他把契诃夫早期的照片和中后期的照片放在一起进行观察，发现走上文学之路的契诃夫越来越变得深刻、善良、高雅和安详，与早期那个庸俗的、小市民的形象判若云泥。他认为这就是文学精神从内部改良和塑造了一个人，这种改变是如此彻底，以至于改变了他的面部特征。他认为一种高尚的精神和优美的灵魂，可以让一个人变得更好看、更有魅力。这已不是修饰、训练出来的所谓风度，而是灵魂内部的光芒照亮了一个人的身心，使人的表情里具有了更丰富的精神属性。

我曾听见一个女士说过她的失望，她说她活了三十多岁，好像还没有看见一个让她感到真正完美的面孔，让她从那面孔里既看到人的形式上的美感，又感到一种精神的、灵魂的光芒。她说她看到的比较优秀的面孔，也总有缺陷，要么形式大于内容，面孔不错却缺少神韵，要么内容大于形式，过多的精神痕迹堆积在脸上，内容挤压了形式，以致伤害了形式。她所期待的完美的面孔，是灵魂与肉身和睦相处、水乳交融的结晶，是深切、宽广的精神世界从内部完成的对一个人外貌的塑造。最后，一个肉身的人高度灵魂化了，而优美的灵魂又被肉身珍藏和复写，并且恰到好处地呈现出来。

这样形神兼备的脸和仪态，显然不只与营养和服饰有关，更主要的是与信仰有关，与教养有关，与德行有关，与灵魂有关。当信仰缺席、教养荒废、德行匮乏、灵魂退位时，沸腾的欲望乘虚而入成了主角。而它——欲望，如狼似虎的欲望，如油煎火烧的欲望，又能塑造出怎样的脸、雕刻出怎样的表情呢？

｜ 心中的月亮

在宇宙无穷的星海里，月亮是唯一向人类袒露的芳心。除此之外，再没有第二颗星球如此贴近我们的心灵。

月亮是人类的精神情人、心灵伴侣和诗意源泉，是人类的美育导师。数千年来，她孜孜不倦地对人类进行审美教育和心灵熏陶。

月亮陪伴我们劳心劳力，月亮同情我们受苦受难，月亮喜欢我们重情重义，月亮引领我们向善向美。

中国人的心里，都有一颗高洁的月亮，那是诗意的月亮，文化的月亮，亲情的月亮。

月亮塑造了中国人的文化和心灵。

——题记

一

在我们出现之前，月光已等待多年了。

当我来到世间，首先看见了母亲，接着就看见了月亮，月亮也看着我，我们彼此都感到相逢的惊讶和惊喜。在我们的一生里，被我们注视最多，也总是在注视我们的，就是这离我们不远不近的月亮。

月亮是我们永恒的邻居、朋友、知己和恋人。

我收到的第一封情书，是月亮投寄给我的，从方方正正的窗格递进来，方方正正地放在窗台上，静静地等我拆阅。

捧起，是月光，是读不完的深意。

此后多年，我一直保持着靠窗夜读、睡眠的习惯，我总能随时收到月光的素笺。

这是时光寄给我的情书。我一封封细心收阅和收藏着，却从来没有写一封回信。我不知道，这是否也是一种失礼和辜负？

虽然我心有不安，月亮却一笑了之，它照旧走着它的天路历程，照旧投递着一封封信件，放在窗口、路口，有时就放在我的心口。

月亮有着包容万物的胸襟。

是的，月亮是上苍向人类袒露的唯一的一颗芳心。试问，除了月亮，在宇宙无穷的星海里，你还能找到第二颗如此贴近我们心灵的天体吗？

这体现了上苍对人类的最大信任和期待。这颗高贵的、冰清玉洁的心，就交给你们了，人子啊，你的心，要与天上那颗心同样的晶莹、皎洁才对称、般配。

上苍完全可以不给人类配备这颗月亮。它若给你配备一颗昏暗的扫帚星（灾星）悬在头顶，你又能把它怎样？

看来，在精神境界方面，上苍是有很高标准的，它安排给你一颗月亮，同时暗示你要有一颗清洁的心与之般配。上苍也讲究精神境界的门当户对。

昼有日神化育，夜有月神做伴。每当想到地球竟有这样一个美好的芳邻，每当想到我们短暂的一生竟有这样一位高洁的朋友，这是何等奇妙？我们何其有幸？自然之神别出心裁的设计，宇宙中这种不可思议的壮美秩序和充满精神暗示的物质结构，以及人在如此神奇的宇宙中所处的位置和所蕴含的真谛——我们越是往深里想，越是从内心深处涌出一种感叹、感念和感恩之情。

二

人类基本没有辜负上苍的苦心，没有辜负月亮的芳心。

自古以来，那些杰出诗人，可以说都是月亮的至情恋人，他们生来注定要和月亮发生一场感天动地的恋情。月亮向他们倾注了最丰盛的光华，他们也把最皎洁的情思献给了月亮。他们一夜夜在月光里漫游、浩叹和吟哦，他们一生都在月光里漫游、浩叹和吟哦。他们的笔一旦触到月光，就显得特别多情、温情和深情，无不诗思泉涌，佳句联翩，那些伟大优美的诗篇，就是他们写给月亮的情书。屈原、张若虚、李白、杜甫、李贺、李商隐、苏东坡、辛弃疾、张孝祥、柳永、李清照……都是月亮的忠实恋人，都把最优秀的诗篇留在月亮的记忆里，就如同把珍贵的钻石戒指戴在恋人的手指上。假若把写月亮的诗从文学史上抽掉，文学的天空、人类精神的天空就会顿时黯淡下来。

月亮是人类的精神情人和心灵伴侣，是引领我们上升的永恒女神。她不大在乎世俗的闺阁之乐和肌肤之亲，始终和人类保持着柏拉图式的恋情。她给予人的是心灵上的抚慰，是想象中的天堂的显像和演示，是我们常常向往的那个更完美的彼岸世界的动人投影。她唤起的不是占有的冲动，而是我们内心里神性的冥思和诗性的遐思，是人对有限尘世之外的无限时空、无边幻象、无穷命运的无尽惊奇、遥想和敬畏，是人对短暂人生之外的永恒精神生命的崇拜和憧憬。这极大地丰富了人的内心情怀，极大地净化、美化甚至神圣化了人对宇宙万物的情感态度，使人在面对现象世界的时候，不仅仅只有实用主义态度，而且懂得以超越和敬仰的态度面对万事万物，懂得以空灵的情怀与天地精神往来，与万物进行深妙的心灵交流。

就这样，月亮将人的美感和想象提升到天空的深邃、广袤、崇高和超验的境界。月亮既是一个兼具温婉之美（优美）和崇高之美（壮美）的审美意象，同时也是一个伟大的美育导师。数千年来，她孜孜不倦地对人类进行审美教育和心灵熏陶。凡有人的地方，都有月光在静静地跟随、诉说、感染和渗透；凡有月光的地方，都有被抚摸、被雕塑的人的身影，都有被照亮、被提炼或被融化的心灵，那多半是比平时更好、更清澈的心灵——被月光洗礼了的人的心灵，更接近人本来应该有的心灵，那是有着神的属性的人的心灵，那是洗净了尘垢变得至真至纯、感通万物的赤子之心、天地之心。

在如此美好的月光里，若是出现邪恶的阴影和污浊的灵魂，那就太不可思议了。人啊，你辜负了这么好的月光，你也辜负了你自己，你为什么就不能让你的灵魂里多一点月光呢？你为什么就不能变得可爱一些呢？

在月夜里，我们应该以手加额，对着天上的水晶宣誓：我们不是欲望的可怜囚徒和奴隶，我们是崇高精神的信仰者和朝圣者，只有皎洁的人心，才配面对月亮的芳心。

三

我们对初恋、友谊、亲情，对超验领域的顿悟，对诗意情境的感念，对种种难以忘怀事物的记忆，其实，很多时候是对月夜和月光的记忆。在如水月光里，走过我们以及紧随着我们的身影，这时候，我们既是真实存在也是梦中幻象，既是地上的人也是天上的神，世界在双倍地接纳我们和拥抱我们，我们也在双倍地经历世界和经历人生。刻骨铭心的欣悦和刻骨铭心的忧伤，多半发生在有月亮的晚上和有月光的地方。月亮对我们的紧紧跟随和默默注视，使凡尘间发生的事件都有超凡的意味，有月亮在场，有月亮代表天空和宇宙在看着我们，这就意味着整个宇宙都在场，整个宇宙都在看着我们。于是，在我们身上发生的事件就超越了我们自身，而有了宇宙学的神秘意义。就这样，月光无限地延展了我们生命的版图和心灵的幅员，我们的欢乐和悲伤，都是有着宇宙规模的欢乐和悲伤。

初月、斜月、弯月、上弦月、下弦月、圆月、缺月、明月、暗月、淡月、素月、暖月、寒月、落月、冷月、皎月、新月、残月……月亮不停地变换着形象，不停地用时间之刀切割自己，用天地之色晕染自己。这位美学大师，我们心灵的牧师，她几乎穷尽了自己可以扮演的各种意象，来为我们直观地暗示宇宙的阴晴圆缺，命运的阴晴圆缺，内心的阴晴圆缺。即使她暗示给我们的是高深的哲学，有时竟是虚无的哲学，而她采用的方式依然是美学的，即使是虚无，因了美的濡染渗透，也有了饱满的内涵和值得领悟的意味。

四

当我打开一本古书，或一卷古诗，书页轻轻响动，我知道，我是惊醒了保存在文字里的遥远年代的某个夜晚的月光，以及月光里的心跳和呼吸。它们，在今夜，在大致相同的月光里，又活了过来。

当我在祖先留下的古井里打水，像父辈那样虔敬地弯下腰，缓缓放下系着井绳的水桶，哦，你知道我看见了什么吗？一弯皎月，藏在水里静静地等我打捞。哦，多少情感，多少记忆，多少藏在低处、深处的生活的秘密，都在等待我们放低身子，怀着谦卑的心，去仔细打捞。打捞，因而是一项没有止境的美好工作。唯一的人生里，可以打捞出无数的细节；就像唯一的月亮，却有着无尽的月光。

我看见连夜收获庄稼的人们，同时也收获着饱满的月光；我看见连夜播种的人们，翻开的土里也种下了来自天上的古老种粒；我看见连夜沉思的人，月光汹涌在他的额头，引发着他思想的海潮；我看见连夜赶路的人，他不应该感到孤独，他的头顶就有一个连夜赶路的独行侠；我看见那个连夜讨要的流浪汉，人间有不幸，但也不缺好心，连月亮也加入了救助的行列，他伸出的手里，捧回了另一个人手上的温度，也捧回一小捧月光……

哦，月亮陪伴我们劳心劳力，月亮同情我们受苦受难，月亮喜欢我们重情重义，月亮引领我们向善向美。

五

夜里，当我走出门，经常与月亮撞个满怀。而这样的情景，我想，孔夫子有过，庄子有过，陶渊明有过，李白有过，杜甫有过，苏东坡有过，我的先人们都有过，世世代代的人们，都曾经与月亮撞过满怀。那与我们面对面撞上的，永远是同一个月亮。这使我对死亡这个绕不开的问题有了别样的理解。其实，死去的和活着的人们，是同样的一群人，在月亮眼里，大地上只有明暗交替的身影，真正的死亡根本就不曾发生。

即使死了又如何呢？月亮绝不会人走茶凉，绝不会抛弃和遗忘那苦恋了她一生的忠贞恋人。百年之后，即使我变成细小的尘埃，即使我悬浮在太空，月光也会摊开她宽阔的手掌，轻轻地托起我，托我于宁静的天庭；即使我沉落于地下，月光也会夜夜赶来看我，坐在我小小的灵魂上，让幽暗的大地，渐渐显露水晶的光芒……

六

在我出现之前，月光已等待我多年了。

在我消失之后，月光仍然准时出现在一切地方。

在每一条路途，月光都先我们一步，提前走在路上。

在每一个窗口，都有月光亲手投递的秘密情书，只是，多少人竟无心收阅，却甘愿被噩梦绑架，来自天上的饱含深意的暗示，就这样丢失了。

在每一片水面，因了月光的反复流连、沉浸，即使再浅的水都有了不可穷尽的深度，有了正在形成的珍珠和宝石。

在每一个墓地，月光都静静地为死者扫墓，与风中行走的灵魂谈心。由此我相信，死者也有自己的生活，那是更神秘的生活。

在每一个社区，月光都均匀地分布，体现了平等、公正的天意，即使穷人的房子，在月夜里，也悄悄换上了天堂的屋顶。

在每一个山顶，月光都不知疲倦地连夜向这里运送和堆积纯银，仿佛在这圣洁的峰顶，人和神就要会面了，人的德性将要升华到苍穹的高度。

七

有月亮在，这个燥热的世界就不会持续疯狂。月光是永不失效的清凉散，月亮是夜夜免费出诊、走遍万水千山的赤脚医生，她最擅长的医术是救治狂躁症、贪婪症、夜盲症，她随身携带的清凉散，一次次敷在我们身上和心上，让我们内心清澈，魂魄安宁，视野开阔；她给我们的医嘱，是如此简洁：安静、安详些吧，最终，你并不能带走一片月光。

有月亮在，这个不公的世界就不会彻底不公。每一个人的身上和心上，至少还均匀地享有一份月光。即使再崎岖的人生，即使再乖僻的命运，只要打开门窗，月亮，这位没有任何架子、没有任何官阶、没有丁点势利眼的伟大朋友，就会立即从三十八万公里之外的天国迅速赶来，走进柴门寒舍，谦卑地伏在地上，伏在你生活的屋檐下，将你晦暗的墙壁和心灵，一点点刷亮。

有月亮在，这个不洁的世界就不会变得更加肮脏。因为，至少，我们的头顶，还有一只干净、温润的掌心，在抚慰我们，在为我们压惊和止痛，在为我们拂拭尘埃，在为我们修补残破的天空。

八

我常常在月夜里漫游，面对满地纯银的月光，竟不忍踩踏，生怕污损了这从天上飘下的心灵白雪；有时，我沉浸、纠结于对人世的心疼、忧患和祈愿。当我从苍凉的心境里抬起头，久久地仰望星空，仰望月亮，望着，望着，就觉得和我面对面互相凝望着的，不只是上苍胸前佩戴的一枚水晶，那更是上苍为我们保管的、照彻天地的不朽良心。

我无数次虔敬地俯下身子，却总是无法用双手把满地的月光捧起来。

我是多么想掬起一捧月光赠给你啊。

｜ 不朽

有什么风暴能将这些植物连根拔起？有什么野火能将这葱茏的诗情毁坏和蒸发？哦，桃花灼灼，杨柳依依，采采苤苢，蒹葭苍苍……哦，这些木瓜，这些桑树，这些檀木，这些薇，这些车前子……数千年了，《诗经》里的草木，依旧生长在我们的房前屋后，依旧摇曳在我们记忆的山岭和内心的阡陌。即使战争和强盗也不能劫走它的一片绿叶，即使工业的铁轮也不能碾碎它的一茎根芽，即使商业和转基因技术也不能盗卖和篡改它质朴而高贵的基因。它是我们心灵的庄稼地，是我们精神的花园和梦境的湿地。哦，这该是怎样神圣而持续的耕作和种植？一片草木荟萃、诗情丰饶的绿地，几千年了，我们一直不停地穿行于它枝叶纷披的田垄间，感受公元前的强大气场，感受先民们的纯真和清澈，呼吸那永远呼吸不完的清新气息，收获那永远收获不尽的心灵粮食。即使有过荒凉，即使还会有荒凉，因为我们有这片从远古传下来的精神花园和湿地，我们就不会过分荒凉，更不会安于荒凉，我们心灵的水土还会草长莺飞。

楚国早已死去，仅留下一个名词，躺在尘封的史书里供后人偶尔凭吊。而屈原还"活着"，比他生前活得更有力量。两千多年来一直没有停止他诗人的工作，是的，他一直在一个民族的灵魂里工作。在灵魂的广袤工地上，依然耸立着他最初为我们搭起的巍峨脚手架，我们站立其上，听见奔涌在他诗歌里的天河，依旧在我们头顶奔涌，在我们血脉里奔涌。他礼赞和呵护的美人香草，一直护佑着古国的心灵，即使美人迟暮了，草色枯萎了，凭着他的提示，我们仍能找到美的基因和草种，使之复活和生长，使之重新泛绿。多年了，我们一年一度坚持打捞，从幽深的农历五月，从民间之河的上游，从几千年深的河水里，打捞着我们从岸上不慎失落不该失落的一切。哦，有一双眸子始终亮在水底，在所有河流的水底，都有一双眸子在注视，就凭这，我们心灵内外的河流，就不会断流，也不该断流。

菊花因他亲手种植而成为离心灵最近的事物之一种，田园因他亲手经营而成为精神家园之一处，南山因他久久仰望而成为诗性之山和灵性之山，自他之后，中国所有向阳的山都有了一个统一的称谓：南山。无论得意失意，无论出世入世，只要有南山在，我们就可以种菊种豆，种善种美，种情种义。深陷于农事、季节和人伦，抬起头来，我们都有一个大致相同的惊喜和欣慰的时刻：悠然见南山。悠然于我们和天地共生，悠然于我们和万古南山的相遇、相互凝视和相互发现，悠然于我们此时此刻出现在这里，与万物做着真

挚、深妙的心灵交流。于是，诗，降临了。悠然见南山，实乃：悠
然见诗意，悠然见无限。天地有大美不言，南山有大道不语，只是
悠然。悠然间，我们念宇宙之悠悠，觉人生之短暂，而我们，就是
永恒宇宙里闪现的一个最有意味的细节。悠然间，白云漫过南山，
漫过人世，漫过陶渊明大哥那亲切温和的额头，漫过漫长的农业和
晴耕雨读的岁月，还是那片白云，漫过后工业时代的正午，不得已
携带了一定量的浮尘和化学物质，漫过我此刻的视线。它静静地擦
拭着天空，擦拭着被非诗的事物覆盖的山脉，它试图把所有的山，
都擦拭、复原成陶渊明眼中的南山。然后，让我们都能在严重缺氧、
严重缺乏诗意的后现代的午后或清晨，从电脑和数据的围困里，从
市场和房产的陷阱里，探出头或干脆拔出身子，也许会有一个意外
的发现：哦，在市场之外，数据之外，买卖之外，消费之外，速度
之外，安卧着一座天长地久的南山，安卧着诗意的南山。于是，万
丈红尘外，悠然见南山，此中有真意，欲辨已忘言……

| 记忆的暗河

忙碌或庸碌一天，到夜晚也难得静下来，又得想想明天该做些什么。总算静下来了，不想明天的事，也不想以往的事，就在寂静中关闭了心宅，把一切都放下吧。佛曰：放下是福。

然而，寂静是一块肥田，从中生长出星星点点继而是稠稠密密的东西。走进去一看，竟是一些记忆的碎影和残片。

活过的时间都被时间带走了。能留下来的只是一些记忆。人好像就为了储存和积攒一点记忆才接受生活或忍受生活。虽然有的记忆是人不愿记忆的，如同有的生活是人不愿接受的，但只要你接受了或忍受了一种生活，你就有了对那种生活的记忆。在生活的过程中，人也许有过极复杂痛苦的体验，而当那段生活过去之后，人获得的记忆却比那复杂、痛苦的生命体验要简单得多，由此我觉得记忆是不大可靠的东西。人性深处似乎有一只筛子，它不自觉地按照某种命令来筛选记忆和经验的颗粒，过于沉重或沉痛的颗粒都被它筛掉了，保留下来的只是一些不那么沉重或沉痛甚至是比较明亮、轻松的颗粒。我发现记忆是按照"快乐原则"来工作的。人性中好像有一种"保险设置"，它负责警戒和拒绝那些有可能伤害和摧毁人生的"恶性细节"的侵入，从而使心灵保持基本的平衡，以承受岁月和生存的压力。

那么，被"筛子"筛掉的那些情节都到哪里去了？莫非能被筛出人生之外？

这让我想起一条河的流动过程。河床上的水在流淌中制造旋涡和浪花，让我们看到水的激荡之美和妩媚之美。而在河水的深处，却沉淀着痛苦的石头、不见天日的泥沙；在河床的下面和更下面，长年累月渗透的水会形成一条潜流，一条暗河。在我们能看见和欣赏的河流的深处，还隐藏着另一条河流，即使河床上面的河水改道了或干枯了，那条暗中的河流，仍在地层深处流动或潜隐。

其实被我们的"意识之筛"（即"保险设置"）保留下来的那部分记忆，常常与大部分人的记忆是相似的或大致雷同的。因为人性中"趋利避害""舍苦求乐"的本能造就了所有的人都大致相同的"意识之筛"。而筛掉的那些东西，却是个个不同，有着千差万别的重量、颜色、质地和气味。"快乐是相似的，疼痛各有各的痛点。"节日是相似的，祭日各不一样。花开是相似的开法，花落各有各的落法。

我们再回过头想想古往今来的那些文学杰作，它们感动和启示我们的，并不是因为它们表现了人类大致相同的欢乐，而在于表现了人类各种各样的痛苦和幻灭，以及大师们在表现人类痛苦的同时所寄予的对生命的深挚关切、理解和同情。

我似乎明白了为什么有如此众多的写作者，却少有伟大的、深刻的、动人的作品。我们大都停留在流行的平面，复写那些浮表的波光泡影和水沫，即使偶尔有一点痛苦的表现，也装饰了或隐或显的时髦花边。我们大都浮游在生存的河面上，掬一捧水花浅浪取悦河岸上的看客，我们很少深入河床之下，去发现和倾听更深处的暗河，撩起那深邃的、黑暗的水波。

我似乎知道了《红楼梦》为什么深刻，为什么令千古读者拭泪，它触到了人的根本困境，在困境中它发现了"情"乃浮世人生唯一的寄托和慰藉，乃时间之海里漂流的人们唯一可以摆渡荒海抵达彼岸的方舟，而"情"又会随着命运和岁月的推移被摧毁，更会随着肉身的陨灭而陨灭。在最后的"白茫茫一片真干净"之中，它发现了时间之门，它发现被"情"经历了、被泪雨洗过的时间，都变成"情天恨海"，变成了人生曾经存在过的记忆和证据，于是，虚无的时间被幻化了的"情"充满和照亮。

或许我们已经丧失了曹雪芹那种古典的深情和纯真，他在参破人生"本来无一物"的真相之后，并没有完全陷入虚无和对人生的否定，他在对情的悲悼中仍寄予了对情的钟情。当一切筏子都不能摆渡人生走出虚无和荒海，"情"，乃是人的仅有的、最好的生命方舟。

我们在表面的河流里溅起了太多相似和相同的轻浅的水花和泡沫。是否该深入河床的下面，那里有着更深邃的、被遗忘的暗河……

第二章

我有所念人，
隔在远远乡

※

远去的乡村

稻花香里说丰年，听取蛙声一片。你们只听见辛弃疾先生在宋朝这样说，我可是踏着蛙歌一路走过来的。我童年的摇篮，少说也被几百万只青蛙摇动过。我妈说，一到夏天我和你外婆就不摇你了，远远近近的青蛙们都卖力地晃悠你，它们的摇篮歌，比我和你外婆唱的还好听哩。听着听着，你咧起嘴傻笑着，就睡着了。

小时候刚学会走路，在泥土的田埂上摔了多少跤？我趴在地上，哭着，等大人来扶，却看见一些虫儿排着队赶来参观我，还有的趁热研究我掉在地上的眼泪的化学成分。我扑哧一笑，被它们逗乐了。我有那么好玩，值得它们研究吗？于是我静静地趴在地上研究它们。当我爬起来，我已经有了我最原始的昆虫学。原来摔跤，是我和土地举行的见面礼，那意思是说，你必须恭敬地贴紧地面，才能接受土地最好的生命启蒙。

现在，在钢筋水泥浇铸的日子里，你摔一跤试试，你跌得再惨，你把身子趴得再低，也绝然看不见任何可爱的生灵，唯一的收获是疼和骨折。

菜地里的葱一行一行的，排列得很整齐很好看。到了夜晚，它们就把月光排列成一行一行；到了早晨，它们就把露珠排列成一行一行；到了冬天，它们就把雪排列成一行一行。被那些爱写田园诗的秀才看见了，就学着葱的做法，把文字排列成一行一行。后来，我那种地的父亲看见书上一行一行的字，问我：这写的是什么？为啥不连在一起写呢？多浪费纸啊？我说：这是诗，诗就是一行一行的。我父亲说：原来，你们在纸上学我种葱哩，一行一行的。

你听见过豆荚炸裂的声音吗？我多次听过，那是世上最饱满、最幸福、最美好的炸裂。所以，我从来不放什么鞭炮和礼花，那真有点儿虚张声势，一串疑似世界大战即将发生的剧烈爆响之后，除了丢下一地碎纸屑和垃圾等待打扫，别无他物，更无丝毫诗意。那么，我该怎样庆祝我觉得值得庆祝一下的时刻呢？我的秘密方法是：来到一个向阳的山坡，安静地面对一片为着灵魂的丰盈和喜悦而紧闭着天真嘴唇的大豆啦，绿豆啦，小豆啦，豌豆啦，红豆啦，听它们那被阳光的一句笑话逗得突然炸响的哔哔啪啪的笑声——那狂喜的、幸福的炸裂！美好的灵感，炸得满地都是。诗，还用得着你去苦思冥想吗？面朝土地，谦恭地低下头来，拾进篮子里的，全是好诗。

纵着走过来，横着走过去，我不识字的父亲，披一身稻花麦香，在阡陌上走了几十年。我以为他只是在琢磨农事，当他头也不回地走远，他的田亩和更广袤的田亩，被房地产商一夜间全部收购，种植了茂密的钢筋水泥，然后无限期地转租给再也不分泌露水、不生长蛙歌，仅仅隶属于机械和水泥的荒芜永恒——这时，我才突然明白：我不识字的父亲，他纵着走过来，横着走过去，他一生都固执地走在一首诗里，他一直在挽救那首注定要失传的田园诗。

屋梁上那对燕子，是我的第一任数学老师、音乐老师和常识课老师。我忘不了它们。我至今怀念它们。它们一遍遍教我识数：1234567；它们一遍遍教我识谱：1234567；它们一遍遍告诉我，一星期是七天：1234567。

| 老屋

老屋已经很老了，它确切的年龄已不可考，它至少已有一百五十岁了。

修筑它的时候，遥远的京城皇宫里还住着君临天下的皇帝，文武百官们照例在早朝的时候，一律跪在天子的面前，霞光映红了一排排撅起的屁股，万岁万万岁的喊声惊动了早起的麻雀和刚刚入睡的蝙蝠。

就在这个时候，万里之外的穷乡僻壤的一户人家，在鸡鸣鸟叫声里点燃鞭炮，举行重修祖宅的奠基仪式。

坐北朝南，负阴抱阳，风水先生根据祖传的智慧和神秘的数据，断定这必是一座吉宅。匠人们来了，泥匠、瓦匠、木匠、漆匠；劳工们来了，挑土的、和泥的、劈柴的、做饭的。妇人们穿上压在箱底的花衣服，在这个劳碌的、热闹的日子里，舒展一下尘封已久的对生活的渴望；孩子们在不认识的身影里奔来跑去，在紧张、辛劳的人群里抛洒不谙世事的喊声笑声，感受劳动和建筑，感受一座房子是怎样一寸一寸地成形，他们觉出了一种快感，还有一种神秘的意味；村子里的狗们都聚集到这里，它们是冲着灶火的香味来的，也是应着鞭炮声和孩子们欢快的声音来的。它们，也是这奠基仪式的参加者，也许，在更古的时候，它们已确立了这个身份。它们含蓄、文雅地立于檐下或卧于墙角桌下，偶尔吐出垂涎的舌头，又很快地收回去了，它们文质彬彬地等待着喜庆的高潮。哦，土地的节日，一座房屋站起来，炊烟升起，许多记忆也围绕着这座房子开始生长。

我坐在这百年老屋里，想那破土动工的清晨，那天大的吉日，已是一个永不可考的日子；想那些媳妇、孩子、匠人、劳工。他们把汗水、技艺、手纹、呼吸、目光都筑进这墙壁，都存放到这柱、这椽、这窗、这门上，都深埋在这地基地板里。我坐在老屋里，其实是坐在他们的身影里，坐在他们交织的手势和动作里。

我想起我的先人们，他们在这屋里走出走进，劳作、生育、做梦、谈话、生病、吃药；我尤其想起那些曾经出入于这座房屋的妇人，她们有的是从这屋里嫁出去，有的是从远方娶进来，成为这屋子的"内人"，生儿育女、养老送终、纺织、缝补、洗菜……她们以一代代青春延续了一个古老的家族，正是她们那渐渐变得苍老的手，细心地捡拾柴薪，拨亮灶火，扶起了那不绝如缕的炊烟。我的血脉里，不正流淌着她们身上的潮音？我的手掌上，不正保存着她们的手纹？我确信，我手指上那些"箩箩""筐筐"，也曾经长在她们的手指上，她们是否也想象过：以后，会是一双什么手，拿去她们的"箩箩""筐筐"？

我坐在老屋里就这么想着、想着。抬起头来，我看见门外浮动着远山的落日，像一枚硕大、熟透的橘子，缓缓地垂落、垂落。我的一代代先人们，也曾经坐在我这个位置上，在这向旷野敞开的门口，目送同一轮落日。暮色笼罩了四野，暮色灌满了老屋。星光下，我遥看这老屋，心里升起一种深长的敬畏——它像一座静穆的庙宇，寄存着岁月、生命、血脉流转的故事……

| 外婆的手纹

外婆的针线活做得好，周围的人们都说：她的手艺好。

外婆做的衣服不仅合身，而且好看。好看，就是有美感，有艺术性，不过，乡里人不这样说，只说好看。好看，好像是简单的说法，其实要得到这个评价，是很不容易的。

外婆说，人在找一件合适的衣服，衣服也在找那个合适的人，找到了，人满意，衣服也满意，人好看，衣服也好看。

她认为，一匹布要变成一件好衣裳，如同一个人要变成一个好人，都要下点功夫。无论做衣或做人，心里都要有一个"样式"，才能做好。

外婆做衣服是那么细致耐心，从量到裁到缝，她好像都在用心体会布的心情，一块布要变成一件衣服，它的心情肯定也是激动而充满着期待，或许还有几分胆怯和恐惧：要是变得不伦不类，甚至很丑陋，布的名誉和尊严就毁了，那时，布也许是很伤心的。

记忆中，每次缝衣，外婆都要先洗手，把自己的衣服穿得整整齐齐，身子也尽量坐得端正。外婆总是坐在光线敞亮的地方做针线活。她特别喜欢坐在院场里，在高高的天空下面做小小的衣服，外婆的神情显得朴素、虔诚，而且有几分庄严。

在我的童年，穿新衣是盛大的节日，只有在春节、生日的时候，才有可能穿一件新衣。旧衣服、补丁衣服是我们日常的服装。我们穿着打满补丁的衣服也不感到委屈，这一方面是因为人们都过着打补丁的日子，另一方面是因为外婆在为我们补衣的时候，精心搭配着每一个补丁的颜色和形状，她把补丁衣服做成了好看的艺术品。

现在回想起来，在那些打满补丁的岁月里，外婆依然坚持着她朴素的美学，她以她心目中的"样式"缝补着生活。

除了缝大件衣服，外婆还会绣花，鞋垫、枕套、被面、床单、围裙，都有外婆绣的各种图案。

外婆的"艺术灵感"来自她的内心，也来自大自然。燕子和各种鸟儿飞过头顶，它们的叫声和影子落在外婆的心上和手上，外婆就顺手用针线把它们临摹下来。外婆常常凝视着天空的云朵出神，她手中的针线一动不动，布，安静地在一旁等待着。忽然会有一声鸟叫或别的什么声音，外婆如梦初醒般地把目光从云端收回，细针密线地绣啊绣啊，要不了一会儿，天上的图案就重现在她的手中。读过中学的舅舅说，外婆的手艺是从天上学来的。

那年秋天，我上小学，外婆送给我的礼物是一双鞋垫和一个枕套。鞋垫上绣着一汪泉水，泉边生着一丛水仙，泉水里游着两条鱼儿。我说，外婆，我的脚泡在水里，会冻坏的。外婆说，孩子，泉水冬暖夏凉，冬天，你就想着脚底下有温水流淌；夏天呢，有清凉在脚底下护着你。你走到哪里，鱼就陪你走到哪里，有鱼的地方你就不会口渴。

枕套上绣着月宫，桂花树下蹲着一只兔子，它在月宫里，在云端，望着人间，望着我，到夜晚，它就守着我的梦境。

外婆用细针密线把天上人间的好东西都收拢来，贴紧我的身体。贴紧我身体的，是外婆密密的手纹，是她密密的心情。

直到今天，我还保存着我童年时的一双鞋垫。那是我的私人文物。我保存着它们，保存着外婆的手纹。遗憾的是，由于时间已经过去三十年之久，它们已经变得破旧，真如文物那样脆弱易碎。只是那泉水依旧荡漾着，贴近它，似乎能听见隐隐水声，两条小鱼仍然没有长大，一直游在岁月的深处，几丛欲开未开的水仙，仍是欲开未开，就那样停在外婆的呼吸里，外婆，就这样把一种花保存在季节之外。

我让妻子学着用针线把它们临摹下来，仿做几双，一双留下作为家庭文物，其他的让女儿用。可是我的妻子从来没用过针线，而且家里多年来就没有针线。妻子说，商店里多的是鞋垫，电脑画图也很好看。现在，谁还动手做这种活。这早已是过时的手艺了。女儿在一旁附和：早已过时了。

我买回针线，我要亲手"复制"我们的文物。我把图案临摹在布上，然后，我一针一线地绣起来。我静下来，沉入外婆可能有的那种心境。或许是孤寂和悲苦的，在孤寂和悲苦中，沉淀出一种仁慈、安详和宁静。

我一针一线临摹着外婆的手纹、外婆的心境。泉，淙淙地涌出来。鱼，轻轻地游过来。水仙，欲开未开着，含着永远的期待。我的手纹，努力接近和重叠着外婆的手纹。她冰凉的手从远方伸过来，接通了我手上的温度。注定要失传吗？这手艺，这手纹。

我看见天空上，永不会失传的云朵和月光。

我看见水里的鱼游过来，水仙欲开未开。

我隐隐触到了外婆的手，那永不失传的手上的温度。

| 寂寞的稻草人

播种时节和谷豆熟了的日子，田地里就会站起一些稻草人，他们大都头上戴一顶旧草帽，身上穿着破烂衣服，有的扬起手臂，仿佛正在用力抛掷什么物件；有的手举竹竿，正向可疑的目标用力挥去，却迟迟没有挥下去。

天气有时热有时并不热，太阳有时并不出来，他们却都要戴着那顶旧草帽，夜晚也不摘下来，难道怕月亮和星星晒黑了自己？这倒不是，主要是怕大白天那馋嘴的鸟儿们，如麻雀呀，斑鸠呀，喜鹊呀，看清了他们的真面目，说："哼，想吓唬我们，连眼睛耳朵鼻子都没长全，还不如我们耳聪目明能跑能飞。哼，把我们当傻子瞎子，你才是傻子瞎子呢。"说着，就认定这熟了的庄稼也有自己一份，就吃起来了，吃饱了，翅膀一扇，还跳上那"傻子"的肩上，叽叽喳喳，取笑他们一番。

我家地里的稻草人，与别人家地里的稻草人一样，总是穿着父亲穿过的破旧衣服，戴着一顶破草帽，不论白天黑夜风吹日晒，都寂寞地站在田头，守护着我们的庄稼和日子。

我们的父亲勤劳、清贫，他们很善良，有着柔软的心肠。他们不忍心让忙里忙外、缝衣纳鞋的妻子，再穿着旧衣服、戴顶破草帽，以稻草人的形象，站在田野里受日晒雨淋，受鸟儿嬉笑。他们更不忍心让自己的孩子以稻草人的样子去开始生活，他们不让孩子在烈日下暴晒童年。所以，那时，在我的家乡，田野里站着的稻草人，几乎都是男人的形象，都是父亲的形象。我们的父亲，坚决地做了稻草人的原型。

被父亲们守护的田野，有着丰富的氛围和意境。他们破旧的衣服和草帽，让人感到一种辛苦和清贫；他们的坚持、忠厚和习以为常，却让人感到温暖和安宁。

有一次，走在放学回家的路上，我忽然看见田地里同时出现真人和稻草人，都像是我的父亲。一个父亲正在坡地上弯着腰为豆子除草，那是真的父亲，我看见他在豆子地里起伏和移动着的身影。另外还有三个父亲，他们都戴着一顶破草帽，穿着父亲的破旧衣服，一个站在稻田东边，一个站在稻田中间，一个站在稻田西头，他们手里都举着竹竿做着赶鸟的动作。

我幼稚的心里，竟忽然涌起一股辛酸。我寂寞的父亲，劳苦的父亲啊。恍惚间，我感觉满田野都是我寂寞的父亲，都是我劳苦的父亲，满田野都是我穿着破旧衣服的父亲。

不知不觉间，我的眼睛湿了。我不忍心我的父亲是这个样子。我的父亲，即使化身为三，即使化身无数，难道都是这劳苦寂寞的样子吗？我流着眼泪，走到三个稻草人——三个父亲面前，向他们一一鞠躬，并轻声问候：辛苦了，爹爹。

忘不了，田野里的稻草人，我们的父亲，我们辛劳的父亲，穿着一身旧衣服的父亲，戴着旧草帽的父亲，被寒风吹彻被烈日暴晒的父亲，越走越远的，我们农业的父亲，我们寂寞的父亲。

每当看见头顶飞来飞去的鸟儿，我都忍不住想问它们一声，你们，还记得那些稻草人吗？还记得我们的父亲吗？那些手总是举着，却从来没有向你们抛掷过厉害物件的、那些田野里站立着的父亲，你们还记得他们吗？

父亲的鞋子

　　那年，记得是深秋，父亲搭车进城来看我们，带来了田里新收的大米和一袋面条。"没上农药化肥，专门留了二分地给自己种的，只用农家肥，无污染，保证绿色环保有机，让孙女吃些，好长身体。"父亲放下粮袋，笑着说。我掂量了一下，大米有五十多斤，面条有三十多斤。鼓鼓囊囊两大麻袋，不知他老人家一路怎么颠簸过来的。老家到这个城市有近一百里路，父亲也是快八十岁的老人了。看着父亲一头的白发和驼下去的脊背，我没有说什么，心里一阵阵温热和酸楚。父亲看着我们刚刚入住的新房，墙壁雪白，地板光洁，说："这辈子当你的爹，我不及格，没有为你们垫个家底。你们家里，连一块砖我都没有为你们添过，也没有操一点心，也没帮过一分钱，我真的不好意思，只要你们安然、安分，我就心宽了。"我不住地说："爹你老人家还说这话，我们长这么大就是你的恩情，你身体不错好好活着就是我们的福分，别的，你就别多想了。"

　　父亲忽然记起了什么，说："嘿，你看，人老了忘性大，鞋子里有东西老是硌脚。昨天黄昏在后山坡地里搬苞谷，又到林子里为你受凉的老娘扯了一把柴胡和麦冬，树叶啦，沙土啦，鞋子都快给灌满了，当时没抖干净，衣服上头发上粘了些野絮草籽，也没来得及理个发，换身像样的衣服，就这么急慌慌来了。走，孙女儿，带我下楼抖抖鞋子，帮我拍拍衣服上的尘土。"我说："就在屋里抖一下，怕啥，何必下楼。"父亲执意下楼，说新屋子要爱惜，不要弄脏了。

楼下靠墙的地方，有一小片长方形空地，还没有被水泥封死。父亲就在空地边，坐在我从楼上拿下来的小凳子上，脱了鞋子仔细抖，又低下身子让孙女儿拍了衣服，清理了头发。上楼来，我帮父亲用梳子梳了头发，这是我唯一的一次为他梳头。我看清了这满头的白发，真有点触目惊心，但我又怎能看清，白发后面积压了多少岁月的风霜？

第二年春天，楼下那片空地上，长出了院子里往年没有见过的东西，车前子、野茅草、蓑草、野薄荷、柴胡、灯芯草、野蕨秧、野刺玫，在楼房转角的西侧，还长出一苗野百合。

大家都感到惊奇，有个上中学的孩子开玩笑说，这不就是一个百草园吗？大家都说，新鲜，真新鲜。也有人说这个院子向阳，有空地就不愁不长苗苗草草。议论一阵也就不再管这事了，只有我明白这些花草的来历。它们来自父亲，来自父亲的头发、衣服和鞋子，来自父亲的山野。

是的，父亲也许没有带给我们什么财富、权力和任何世俗的尊荣。清贫的父亲唯一拥有的就是他的清贫。清贫，这是父亲的命运，也是他的美德。

但是，比起他的没有留下什么，父亲更没有带走什么，连一片草叶、一片云絮都没有带走。他没有带走的一切，就是他留下的，连我对他的感念和心疼，他也没有带走，全都留在了我的心里。这么说来，我的所谓的感念和心疼，说到底还是我从父亲那里收获的一份感情，直到他不在了，我仍然在他那里持续收获着这种感情，而他依然一无所有地在另一个世界孤独远行。

是的，他没有带走的一切，就是他留下的。我看着大地上的一切，全是一代代清贫的父亲们留给我们的啊。

何况，我的父亲，曾经，他把他的山野、他的草木、他的气息都留给了我们。

他清贫的生命，又是那般丰盛和富有，超过一切帝王和富翁。在他的衣服上拍一下，鞋子里抖一下，就抖出一片春天。

那么，我们这些自以为是地活着的人，又能给世界留下什么呢？我们敢于践踏一切的鞋子里，除了欲望的钉子和冷酷的铁掌，还有别的可以发芽开花的种子吗？

父亲越去越远，越去越远，他留下的草木，永世芳香。

那一串血的殷红

想起小时候的事情。

那天，我病了，受凉，发高烧，半死样躺在被窝里，胡话不断，尽是被鬼死死捏住似的可怕发音。

夜深了，医院又远，救儿要紧，母亲急忙摸黑跑到河边采来柴胡、麦冬、车前子，放上生姜，熬了浓浓的草药姜汤让我喝，捂上三床棉被，出了几身透汗，只觉得身体里面洪水滔滔，要把多余的东西冲走。

天亮时，我从汗津津的被窝里出来，看窗外天那么蓝，不像以前的天，是新造的天吗？于是欣喜极了，模仿梁上燕子数了一串"一二三四五六七"，跑到门外院子晾晒的青草上连打了三个滚，对着换了一身蓝衣衫的老天高喊：我好了，我好了。

母亲用老母鸡刚下的蛋做了一碗蛋汤，加了葱花，好香，我几口就喝完了。

撂下碗，就叫了云娃、喜娃，去到河边奔跑、钻柳林、捉迷藏，看对岸柏林寺的和尚在河边放生。

忽然，在一丛荆棘下面，我看见一些血迹，点点滴滴，断续洒到河边，在半截浸入河水的一块青石上也有血痕。

而荆棘丛下，被采摘的柴胡和被挖掘的麦冬，似乎向我提醒着什么。

我知道了，这是母亲昨夜为我采救命药的地方。

那双手，在这里流了多少血？母亲当时可能并不知道自己流血了，只觉得手上有热流，有点黏糊，猜想可能是血，就到河边冲洗了。

她不能让这双染血的手，使受惊的夜晚再受惊。

我想当时的河水里，漂过一缕又一缕的血红，河的温度也微微升高了，那血红和微温持续了许久，然后散了。河，很快恢复了什么事情也没有发生的样子。

母亲也一样，很快恢复了什么事情也没有发生的样子。

家乡的那条小河，在一条著名的江的上游，那条河，那条江，在流过《诗经》的时候，就被上古的女儿和母亲，用采菊的手、采莲的手、采荇菜的手和洗衣的手，一次次掬起、暖热，肯定也有许多泪水滴入水中。

现在才知道，也有血滴入水中。流过万古千秋的江河里，藏了多少血的殷红。

我无论走过哪条河，无论到了哪个河湾，看见了殷红、淡红或鲜红的花，或枫叶，我总是想起母亲，想起那浸血的手。

这些河边的花木，一直在收藏着什么，代替我们千年万载地忆想着。

母亲的眼睛

在农家小院的正中，在光线最集中的地方，我的母亲端坐着，为我们做鞋，做枕头，缝补衣裳，在书包上绣花。此时，宇宙那明亮仁慈的光线，从几光年之外赶来，投在这个小小的院子里，灌注进母亲手里那小小的针眼。每一个针脚里，每一个图案上，都注满村庄正午的温情和深蓝。

看着沐浴在天光里的母亲，看着跟随母亲的目光穿梭在生活经纬里的小小针线，我终于明白：我们贴身的衣服里和书包上，织进去的不只是母亲细密的眼神，还有来自几光年之外上苍的眼神。

我不必用光年之类貌似深奥的科学知识为难母亲。其实，母亲交织着期待和忧郁的目光，一次次投向屋顶之上祖先的苍穹，正以她所不理解的光速，穿越尘世飞抵遥远的星河。我的母亲没有什么值得示人的学问，而破译她深沉忧郁的目光的，却是另一个星球拥有高深学问的科学家、哲学家、文学家和心理学家。

母亲八十多岁的眼睛，还保持着少女的清澈和纯真。而世间不少的人，涉世稍深或略有阅历，目光就少了清纯，蒙上了或世故或势利或狡黠的尘灰。莫非，母亲有什么特殊的"养眼"之法？我想了解其中的缘由。

那年，我回老家养病。我每天都在故乡的原野上走来走去，在清晨，在黄昏，在百万千万颗露珠的照拂里，在百万千万片绿叶的叮咛里，我的心里，我的眼睛里，哪怕藏匿得很深很隐蔽的细小杂念和灰尘，都被一一洗净。我身体里的病，也渐渐离我远去。我身如菩提树，心如明镜台，无尘无垢，无嗔无痴，甚至有一点吐气如兰的意思了，连梦都是清洁的。这让我体会到，一个人若保持身体的洁净、心灵的洁净、眼睛的洁净，保持每一个意识和念想的仁慈与洁净，那么，他将会从生命里领受到怎样单纯而又无比丰富的诗意！

我在故乡的怀里、在母亲身边养病，病，大约不好意思待在我逐渐变得干净、健康的身体里，我的身体里，没有了毒素，也没有了病魔赖以存活的养料。病，知趣地走了，我养好了身体，也养好了心。那次乡村静养，等于让我对乡村母亲的心灵养成做了一次田野调查。

那么，母亲何以有那样洁净无尘的心，何以有那样洁净无尘的眼睛？我想，清晨或黄昏，原野上那无数颗透明的露珠，已经给出了一部分答案。我的母亲，她是用一生的时间，念念在兹于心灵的善良、纯洁和真诚；她是用一生的田野劳作和行走，与无数颗露珠——与无数颗清澈的天地之眼，交换着心灵的语言，交换着眼神。就这样，上苍把最好的露珠，交给母亲保管，露珠一直滋养和化育着母亲的心，也明净了她的瞳仁。

一个人若很少在露珠（包括具有露珠之透明品质的事物）面前停留，激赏、感动于那无邪的纯真，并反观、反省自己内心的不洁和阴影，同时让自己被尘世污染的身体和心灵，接受其消毒、清洗和映照，那么，他的内心和眼神，就少了某种天赐的清澈。一个人若很少将目光投向苍穹的星辰，却总是沉沦于欲望，锁定于功利，那么，他的心域必窄狭，眼神定然少了某种悠远和深沉。

我的母亲，低头与露珠交换眼神，抬头与星辰交换眼神，俯仰之间，她都在吐纳天地精神。她识字不多却有天趣，因为她心存天真；她阅历不多却胸襟宽阔，因为她到过天庭。宽厚的原野和澄明的天穹，就是我母亲的心灵老师。

一个好朋友曾对我说："你注意到了吗？你妈妈的眼睛特别清澈，八十多岁了，还像少女的眼睛那么纯洁和深情。"他的父母去世较早，于是把我的母亲当自己的母亲对待。我的母亲是在八十六岁那年去世的。好朋友写了一篇短文，标题是"想念母亲的眼睛"，痛惜一位慈祥的母亲走了，人间少了一双清澈的眼睛。

眼睛是心灵的窗户,眼睛里荡漾的是内心的光亮和情感的波澜，是一个人心灵世界的折射。想念一双眼睛，其实是想念一种纯洁的感情，缅怀一种干净的人生。

父亲的东篱

　　说起来，我也算是个诗人，性情质朴、诚恳、淡远。古国诗史三千年，我最喜欢陶渊明。南山啊，东篱啊，菊花啊，田园啊，归去来啊，桑树颠啊，这些滴着露水粘着云絮的词儿，在我心里和笔下，都是关键词和常用意象。

　　可是，翻检我自己，自从离开老家，进了城，几十年来，我没有种过一苗菜，没有抚摸过一窝庄稼，没有刨过一颗土豆，连一根葱都没有亲手养过。几十年了，没有一只鸟认识我，没有一片白云与我交换过名片，没有一只青蛙与我交流过对水田和稻花香的感受，没有一只蝈蝈向我传授民谣的唱法。那些民谣都失传了，只在更深的深山里，有几只蛐蛐，丢三落四哼着残剩的几首小调。

　　其实，不说别的，就说我的鞋子吧，我的鞋子，它见过什么呢？见过水泥、轮胎、塑料、污水、玻璃、铁钉、痰迹、垃圾，见过无数的、大同小异的鞋子吧。

从这阅历贫乏的鞋子，就可以看出我们是多么贫乏，就可以看出我们离土地、离故乡、离田园，离得有多么远，我们离得太远太远了。

我一次次钻进《诗经》里，寻找公元前的露水和青草，绿化、净化和湿润一下我龟裂的心魂；有时就一头扎进唐朝的山水里，吸氧，顺便闻闻纯正的酒香，在"李白们"的月夜走上几个通宵，揣上满袖子清凉月光，从唐朝带回家里。在沉闷的办公室里，也放上一点清凉和皎洁，用以清火消毒，解闷提神，修身养性。

这些年，也许年龄渐长的原因，"拜访"陶渊明就成了我经常做的事，动不动就转身出走，去渊明兄那儿，在东篱下，深巷里，阡陌上，桑树颠，有时就在他的南山，靠着一块石头坐下，久久坐着，一直到白云漫过来漫过来，把我很深地藏起来，藏在时光之外。

我以为这就不错了，觉得也在以自己的微薄心智和诚恳情思，延续着古国的诗脉和诗心，延续着田园的意趣和意境，延续着怀乡恋土的永恒乡愁。

直到2001年初夏的一天，我才突然明白：我的以上孤芳自赏、不无优越感的做法和想法，只是我的自恋，带着几分小资情调和审美移情的自恋。这自恋被一厢情愿地放大了，放大成了竟然关乎诗史、文脉、乡愁的延续了。

为什么是在那天，我才突然明白这些呢？

那天下午，我回到老家李家营，立夏刚过，天朗气清，小风拂衣，温润暖和，我沿麦田里的阡陌，横横竖竖走了一阵，其实，若是直走，一会儿就到家，我想多走一会儿田埂，所以，横的、竖的阡陌我都走了个遍，横一下，竖一下，就在田野里写了好几个"正"字。因为我的父亲名叫正德。然后，我就到了家。

走进老屋院子，看见父亲正在维修菜园篱笆。他用竹条、青冈木条、杨柳树枝，对往年的篱笆进行仔细修补。菜园里种着莴笋、白菜、茄子、包菜、芹菜，一行行的葱和蒜苗，荠菜算是乡土野菜，零星地长在路坎地角，像是在正经话题里，顺便引用几句有情趣有哲理的民间谚语。指甲花、车前草、薄荷、麦冬、菊、扫帚秧等花草，也都笑盈盈站在或坐在篱笆附近，逗着一些蛾子、虫子、蝴蝶玩耍。喇叭花藤儿已经开始在篱笆上比画着选择合适位置，把自己的家当小心放稳，揣在怀里的乐器还没有亮出来，就等一场雨后，天一放晴，它们就开始吹奏。

"结庐在人境，而无车马喧。"我忽然想起陶渊明的诗句。但是，此刻，在这里，在人境，结庐的，不是别的哪位诗人，是我父亲，是我种庄稼的父亲，是我不识字、不读诗的父亲。但是，实实在在，我的不读诗的父亲，在这人境里，在菜园里，仔细编织着篱笆，编织着他的内心，编织着一个传统农人的温厚淳朴的感情。我的不读诗的父亲，他安静地在人境里，培植着他能感念也能让他感到心里安稳的朴素意境。

"采菊东篱下，悠然见南山。"当然，此时正值初夏，还不是采菊的时候，菊，连同别的花草和庄稼，都刚刚从春困中醒来不久，都刚刚被我父亲粗糙而温和的手，抚摸过和问候过，父亲还在它们的脚下轻轻松了土，培了土，以便它们随时踮起脚，在农历的雨水里呼喊和奔跑。而当到了删繁就简的秋天，夏季闷热的雾散去，头顶的大雁捎来凉意，我的父亲也会在篱笆边，坐在他自己亲手做的竹凳上，面对村子边漾河岸上的柳林，向南望去。他会看见一列列穿戴整齐的青山，正朝他走来，那是巴山，我们世世代代隔河而望的南山。

我突然明白了：我的不识字的父亲，正是他在维护陶渊明的"东篱"。

而我呢？

我读着山水之诗，其实是在缓解远离山水的郁闷，同时用山水之诗掩护我越来越远地远离山水。

我写着故园之词，其实是在填补失去故园的空虚，同时让故园之词陪着我越来越远地告别故园。

我吟着东篱之句，其实是在装饰没有东篱的残缺，同时让东篱之思伴着我越来越远地永失东篱。

于是，在那天下午，我无比真诚地感激和赞美了我的父亲。

是的，是的，我那不识字、不读诗的父亲，他不知道诗为何物，他不知道陶渊明是谁，但是，正是我的父亲，和像我的父亲一样的无数种庄稼的父亲们，正是他们，一代代的父亲们，延续和维护着陶渊明的"东篱"，延续着古国的乡愁和诗史……

父亲的露珠

一

　　每个夜晚，广阔的乡村和农业的原野，都变成了银光闪闪的作坊，人世安歇，上苍出场，叮叮当当，叮叮当当，上苍忙着制造一种透明的产品——露珠。按照各取所需的原则，分配给所有的人家和所有的植物。高大的树冠、细弱的草叶、谦卑的苔藓、羞怯的嫩芽，都领到了属于自己恰到好处的那一份。那总是令人怜惜的苦菜花瘦小的手上，也戴着华美的戒指；那像无人认养的狗一样总是被人调侃的狗尾巴草的脖颈上，也挂着崭新的项链。

　　数千年来，"均贫富"这个农业社会的朴素理想，从来就没有真正实现过。倒是，在大自然的主持下，"均美丑"的美学理想却实现了。至少，在夜晚，在清晨，草根阶层的家门前，劳动者的原野上，到处都是美好清洁的露珠，叮当作响，闪闪发光。即使在我家那座朴素的老屋前，夜晚的露珠，清晨的钻石，不知比那远离土地、远离劳动、远离大自然的别墅豪宅，要多了多少倍。

二

　　看看这露珠闪耀着的原野之美吧。你只要露天走着、站着或坐着，你只要与泥土在一起，与劳动在一起，与草木在一起，即使是夜晚，上苍也要摸黑把礼物准时送到你的手中，或挂在你家门前的丝瓜藤上。这是天赐之美、天赐之礼、天赐之福——总之，天赐之物多半都是公正的。天不会因为秦始皇腰里别着一把宝剑，而且是皇帝，就给他的私家花园多发放几滴露珠，或特供给他一条彩虹。相反，秦始皇以及过眼烟云般的王侯将相、富豪贵族，他们占尽了人间风光和便宜，但他们一生丢失的露珠是太多太多了。比起我那种庄稼的父亲，他们丢失了自然界最珍贵的钻石，上苍赐予的最高洁的礼物——露珠，他们几乎全丢失了，一颗也没有得到。我卑微的父亲却将它们全部拾了起来，小心地保存在原野，收藏在心底，他那清澈忠厚的眼睛里，也珍藏了两粒露珠——做了他深情的瞳仁。

　　比起那些巧取豪夺、不劳而获，双脚很少接触土地和草木，双手从来没有接触过露珠，也没有用这清露之水洗过手洗过心的人，我清贫的父亲，一生里却拥有着无穷的露珠。若以露珠的占有量来衡量人的富有程度，我那种庄稼的父亲，可谓当之无愧的富翁。

三

物换星移，被强人霸占的金银财宝，总是又被别的强人占了去。

而我的父亲把他生前保存的露珠，完好地留给了土地，土地又把它们完好地传给了我们。今天早晨我在老家门前的菜地里，看到的这满眼露珠，它们就是父亲传给我的。

美好和透明是可以传承的，美好和透明，是无常的尘世唯一可以传承的永恒之物。如果不信，就在明天早晨，请看看你家房前屋后，你能找到的，定然不是什么祖传的黄金白银宝鼎桂冠，它们早已随时光流逝世事变迁而不知去向，唯一举目可见、掬起可饮的，是草木手指上举着的、花朵掌心捧着的清洁的露珠，那是祖传的珍珠钻石。

四

　　这是农历六月的一天，早晨，天蒙蒙亮，我父亲开了门，先咳嗽几声，与守门的黑狗打个招呼，吩咐刚打过鸣的公鸡不要偷吃门前菜园的菜苗。而菜园里的青菜们，远远近近都向父亲投来天真的眼神，看见父亲早早起来第一件事就是关心它们，它们对父亲一致表示感谢和尊敬。有几棵青笋竟踮起脚向父亲报告它们昨夜又长了一头。父亲点点头夸奖了它们。

　　然后，父亲扛着那把月牙锄，哼一段小调，沿小溪走了十几步，一转身，就来到了那片荷田面前，荷田的旁边是大片大片的稻田，无边的稻田。父亲很欢喜，但他眯起了眼睛，又睁大了眼睛，然后又眯了几下眼睛，好像是什么过于强烈的光亮忽然晃花了父亲的眼睛。过了一会儿，他的眼神才平静下来。父亲自言自语了一句：嘿，与往天一样，与往年一样，还是它们，守在这里，养着土地，陪着庄稼，陪着我嘛。

　　父亲显然是被什么猛地触动了。他看见了什么？

　　其实也没什么稀奇的。父亲看见的，是闪闪发光的露珠，是百万千万颗露珠，他被上苍降下的无数珍珠，被清晨的无量钻石团团围困了，他被这在人间看到的天国景象给照晕了。荷叶上滚动的露珠，稻苗上簇拥的露珠，野花野草上镶嵌的露珠，虫儿们那简陋地下室的门口，也挂着几盏露珠做的豪华灯笼。父亲若是看仔细一些，他会发现那棵车前草手里，正捧着六颗半露珠，那第七颗正在制作中，还差三秒钟完工；而荷叶下静静蹲着的那只青蛙的背上，驮着五颗露珠，它一动不动，仿佛要把这一串宝石，偷运到一个秘密国度。

父亲当然顾不得看这些细节。他的身边、他的眼里、他的心里，是无穷的露珠叮当作响，是无数的露珠与他交换着眼神。

我清贫的父亲也有无限富足的时刻。此时，全世界没有一个国王和富豪，清早起来，一睁开眼睛就收获这么多的露珠。

五

钢筋和水泥浇铸着现代人的生活，也浇铸着大地，甚至浇铸着人心。城市铺张到哪里，钢筋和水泥就浇铸到哪里。哨兵一样规整划一的行道树，礼仪小姐一样矫揉造作的公园花木，生日点心一样被量身定做的街道草坪——这些大自然的标本，草木世界的散兵游勇，只能零星地为城市勾兑极有限的几滴露水。露珠，这种透明、纯真，体现童心和本然、体现早晨和初恋的清洁事物，已难得一见了，鸟语、苔藓、生灵、原生态草木、土地墒情氤氲的雾岚地气也渐渐远去。

就在明天，我要回一趟故乡，那里的夜晚和早晨，那里的山水草木间，那里的人心里，那里的乡风民俗里，也许，还保存着古时候的露珠和童年的露珠，还保存着父亲传下来的露珠。

| 一双脚的故事

我的爸爸早已失去工作，原来的企业倒闭了，我的爸爸失业了。

那么，你爸爸现在做什么呢？

我爸爸在蹬三轮车。在火车站、汽车站、大街上、小巷里，在有人走路的地方，我爸爸用三轮车拉那些赶路的人。爸爸挣钱，养活家人，供我上学。

小孩笑了。是忧郁的笑。微笑里含着对爸爸的感激和心疼，所以他的脸上有着太幸福的孩子所没有的让人怜惜的表情。

我的爸爸很累，比我在学校做作业、考试累多了。孩子说，晚上，很晚的时候爸爸才回家休息。我和爸爸睡在一个被窝里，他睡一头，我睡一头。爸爸的脚伸过来，挨着我的胸脯，挨着我的手。我用手摸爸爸的脚，我问爸爸："我摸你的脚，你不觉得痒痒吗？我们小孩子就是这样摸痒痒逗乐呢！"爸爸说："不痒，爸爸的脚很老，皮很厚，所以不痒。"我再一摸，果然爸爸脚上的皮很厚，我知道这是茧，一层一层的茧。爸爸就是用这双脚在风雨里，在坎坷不平的路上，走啊，蹬啊。我想起爸爸在上坡路上弯腰用力蹬车的情景，那天，我在上学的路上看见了我爸爸蹬车的样子，我怕我爸爸蹬不上那段陡路，就悄悄地猫着腰帮爸爸在后面推车，三轮车好不容易上去了，我听见爸爸有气无力地说了一句"谢谢，好心人"。他不知道这好心人就是他自己的儿子。我始终没有说话，我不愿让爸爸看见我，那样我们都会难受。爸爸以为是路上的陌生人帮他推车，这样就很好，爸爸心里会多一些温暖。他会感到人们是尊敬和同情他这个三轮车车夫的。

每一个晚上，我都要把爸爸的脚贴在我的胸前，用手抚摸脚上的茧和骨头，我知道这是世上最辛苦的脚。我抚摸着那脚趾，那挤在一起有些变形的脚趾，我感到它们是那么委屈，那么老实，又那么忠厚。白天，它们紧张地挤在鞋的黑屋子里，支撑着爸爸的身体，同时用全力蹬着车子，蹬着道路。我的学费，我们家简单的生活，都是这双脚蹬出来的啊。我把爸爸的脚搂在胸前，让它听我的心跳。我在心里说：脚，你好辛苦啊。

我知道我爸爸很普通，在有些人眼里他甚至是卑微的。但是，我爱我的爸爸，我心疼我的爸爸，我心疼那双辛苦的脚。这双脚在地上留不下任何脚印，这双脚一直踩在沉重的生活的轮子上。这双脚是干净的、值得尊敬的脚。你不觉得是这样吗？

是这样的。孩子，这是一双值得尊敬的脚。

就这样，每一夜我都抱着爸爸的脚进入梦乡。我以我的体温抚慰温暖着这双辛苦的脚。在我的胸前，爸爸的脚是那么安静和听话，像很乖、很顺从的小孩子。这时候我就觉得我是这小孩子的爸爸。它受了多少委屈，受过多少苦，它是多么孤独无助的苦孩子啊！我把爸爸的脚——我把这可怜的孩子抱得更紧了。它很快熟睡过去。我禁不住流出了眼泪，对着怀里的脚轻轻说："爸爸，其实你也是个孤独的孩子啊……"

一个上初中的学生给我讲的关于脚的事情，让我感慨了好长时间。此刻，我低下头注视我的这双躲在皮鞋里的脚，感到了几分惭愧。它看起来很干净，脚指甲修剪得很整齐，也无老茧，也无伤痕，它躲在皮鞋的宫殿里养尊处优。但我感到它很懒，也有些脏。在世间大大小小的路上，它究竟踩踏出几个实在、善良、厚道的脚印？它是否常在不劳而获、巧取豪夺的邪路上奔走？甚至踩在别人不幸的伤口上攀缘功名利禄的阶梯？是否在那些虚伪、贪婪、不义、不干净的地方留下它见不得人的可耻脚印？

我从我的脚，看到了许多脚的脏和恶。

是的，爸爸的脚是辛苦的、委屈的，但在惨淡的命运里，在坎坷的长路上，那双脚仍然有幸福的时刻：当它像孩子一样被另一个孩子抱在怀里，并被那纯真的爱的眼泪濡湿……

回忆初恋

那是多么纯真的感情，回忆它，就像迷失于物质囚笼里的现代人回忆远古的神话……

——题记

没想到会如此强烈地想念一个人。

没想到想念一个人竟是如此幸福又是如此痛苦。

多少次发誓再不想你了，可思念的波涛席卷而来，淹没了我仅存的一点克制的陆地，我的整个身心被海水充满。你是法力无穷的海盗，控制了我的每一寸海面和海底，盗窃着我所有的波浪、船队和汹涌的激情。一个浪又一个浪冲击着我，这时候，我知道了海的起源和生平。海是幸福的，每一秒钟都有无数潮头在推动他，都有无数石头、河流皈依他丰富他；海是痛苦的，每一秒钟都有千万吨盐在他心中堆积，都有千万支船队沉没在他的深渊。你不知道被波涛和风暴蹂躏的海底，早已是伤痕累累，你只知道远远欣赏：晴空下的大海，是那么辽阔，那么蓝……

我上山，你也跟着我的心上山。掬一捧泉水，我就掬起了你的眼神；采一朵野花，我就采到了你的微笑。登上山顶，我看云，看见的都是你向我挥动的白手绢、蓝纱巾；我望鸟，望见的都是远去的你，你飞得那么高那么快，你头也不回地飞着，将我的灵魂也驭向那不知名的远方。走下山来，回首四望，那满山石头都是我的化石，那缭绕的云雾都是我化解不开的惆怅。也许你根本不知道世上还有这座山，你根本不知道我会把你带到如此高的海拔，你根本不知道，那逐渐加深的山色，已储满我记忆的峰峦。

下雪了。我行走在风中，雪在降临，你在降临，这么多的飞吻，这么多的手指，这么多温柔的眼波！全宇宙的天鹅，都在向我抛洒美丽的羽毛。哦，这是你给我的信。多少个世纪没有读到你的信了，仿佛从震旦纪开始，我就等你的消息，我的目光苍老了，你只回复我以孤寂和荒原；仿佛从银河刚刚起源的时刻，我就站在天河的两岸等你的渡船，我的目光风化了，你只回复我以苍茫和静默。此刻，你在给我写信，这么多纷飞的情思，这么多洁白的信笺，这么多柔软的承诺。你把山写白了，水写白了，你把天写白了，地写白了，你把我塑造成一个干干净净的雪人了。你把亘古以来没有发出的信都寄给我了。想念你，我是多么幸福，每一阵风都是你的快件，每一片雪都是你的素笺，无边苍穹就是供你一人使用的邮局，白茫茫的大地就是你寄给我的一封封长信。想念你，我是多么痛苦，雪化了，山脉暴露出嶙峋的石头，衰草守着荒凉的墓碑，世界又变成空荡荡的废墟。

静夜，我望着星空出神，失眠的夜晚，我才发现每一颗星星都是失眠的恋人，宇宙的大梦里隐藏着多少痛苦而美丽的故事，银河的波涛里沉浮着多少孤独的帆影。呀，光年之外的星座，我一抬头就能看见它们，我低下头来，就能在水中打捞它们的眼神。你时时刻刻向我吹送纯真迷人的气息，你离我这样近，却又那么遥远，你仿佛在世界之外，在银河系的远方。于是，我在高高的星座上刻写你的名字，用泪水打磨那些闪光的记号，直到整个星空到处都是你温暖的地址。此刻你对着哪一盏小灯出神呢？你知不知道，在无边无际的宇宙长夜里，有一双忧伤的眼睛，正对着星空为你命名？呀，千年万年后，又有谁知道，那闪烁的夜空，那无尽的天上的篝火，都是我初恋的遗址。

想你，想你，想你。一颗颗爱的陨石砸落在我心上，我的心已布满环形山，堆积着无用的大理石、痛苦的金属、沉闷的花岗岩；远远地看，我的心已是一颗无家可归的月亮，追随着遥远的太阳，沉沦于苍凉的海底。

想你，想你。在雨中想你，想变成一滴泪打湿你的睫毛；在雾中想你，想变成一只迷途的鸟撞进你的怀里；在闪电中想你，想变成一束光被你夹进正在读的一本书里；在墓地想你，想变成一副棺材，深深地收藏你，想变成一块墓碑，长久地记载你叙述你……

想你的时候，才发现我的渺小，过于浩大的爱把我衬托得如此渺小。我发现我在嫉妒，那些与你有关的事物，它们缭绕着你也占有着你。我嫉妒你的头发，为什么是它，那黑色的云，覆盖着你的头顶，而不是我，在你生命的高地，以松涛、以风的手指，策动你青春的波浪？我嫉妒你胸前的纽扣，为什么是它，那金属的、冰冷的耳朵，倾听你不息的心潮？我嫉妒你正在服用的药，它们果真能治疗你的疾病？它们果真以其涩苦和辛辣，能征服侵入你骨髓的病毒？我嫉妒那为你号脉的无动于衷的大夫，他真能透过你的脉冲，诊断你血液里隐秘的潮汐？

想你，想你，想得绝望的时候，我发誓再不想你。于是我想：宇宙是什么时候创生的？大海是什么时候起源的？盐是什么时候形成的？我听见一个声音说：她诞生的那一刻宇宙就创生了，你为她流泪的那一刻大海就起源了，你绝望的那一刻盐就形成了。

想你，想你，我无法不想你。我周身的血脉，时刻为你涨潮和落潮，千万吨盐堆积在海底，千万个太阳沉没在心底。

　　我此生的命，莫非就是为你受苦？我这颗心，莫非就是为等待你的降临，而无限期地为你痛苦燃烧和跳动？

　　想你，想你，想得太苦了，我发誓不再想你！不再想你的时候，我竟然想——死……

　　想你，想你，我此生的命，就是为你受苦？我这颗心，注定是供奉你的庙宇，生命的烛光，一点点燃成洁白的灰烬。

　　你是谁？你在哪里？你很近，你就在我的手相里，在我梦中的潮汐里。你很远，你仿佛在世界之外，你在另一个星系。

　　你是谁？你让我痴迷又让我受难，你给我希望又令我绝望，你许给我幻美的天国又置我于真实的地狱。你是谁？你好像是温柔的信仰又仿佛是冷酷的法律，让我一千次复活又让我九百九十九次死去。你是谁？如雪一样净化我又如火一样焚烧我，像风一样追不上你又像雾一样摆不脱你。我活着，只为了追寻你的幻影；我死去，就为了接受你星光的永恒覆盖……

　　那引领我们上升的，总在朦胧的远方向我微笑的，那年轻的神，莫非就是你？

｜ 童年的星空

一

那时，乡村的生活是清贫的，不过，我们这些乡村孩子，也有很多单纯的快乐和幸福。在今天看来简直是奢侈、豪华的幸福。

那时，在乡村，在我们的头顶，悬挂着密集的星星；那时的银河，水面辽阔，水势浩大，一到天黑就准时开闸放水，那明晃晃的波浪，浇灌着广阔乡村的夜晚和梦境。

天黑了，那是指大人们的天黑了，而孩子们的天呢，这时候却正好亮了。

大人们踏着夜色回家，回到生活的屋子，回到他们卑微的满足和琐碎的烦恼中，他们把大地交还给了孩子们，同时也把他们不怎么感兴趣的天空，完整地奉送给了孩子们。

天上的星星多密啊，是谁传了一声暗语，先是几粒急性子星星带头跑出来，站住，紧接着，哗——哗——哗——更多的、所有的星星都出齐了，天上，该亮的灯都亮了，都挂出来了。

是谁在管着天上的事情呢，谁在管理这么多星星呢？这时我的小脑袋就要闪出几个问号，我们这小小的简单的家，都有爹妈管着；这小小生产队，都有个队长管着；天上那么大的家当，是谁在管着呢？望着星空，我无知的脑子里泛起了远古人类祖先们最初的天问。

每每是问号快速闪过，一转身就投入了孩子们的主业——玩。我们开始在村庄和原野疯跑，在稻草垛下捉迷藏，在夏夜的草地上捉萤火虫，在村口学狗叫，学猫叫，有时还学鬼叫，吓唬那些胆小的女孩子……星空下的村庄，奔跑着孩子们喜悦的身影。

星星们一定还记得我们夜晚的节目——因为是星星们眼睁睁看着我们一次次进行的下列节目。

二

测算银河：根据村前那条名叫漾河的河流长度计算银河的长度，据大人说那条小河有 230 公里长，银河离我们较远，多远？不知道，反正很远，那就乘上 80 倍，或者干脆乘上 100 倍，够可以了吧，由此，我们估计银河的长度大约是 23000 公里长；宽度呢，根据目测，我们推算是 500 公里到 800 公里。现在看来，当时的计算误差很大，严重小看了天上那条河流（现代天文学根据天文观测认为：银河是由数千亿颗恒星构成的巨型星系，其直径达 20 万光年，银河绕银心自转一周需要 2 亿 5000 万年）。但是，对于我们这群土孩子，长 20000 多公里、宽 800 公里的天河实在是够大了，这流淌在天上的我们的运河，童年的运河，足够放飞我们内心的船队，漂流我们天真的梦想。

三

寻找牛郎：那时生产队里有牛，家里有牛，有的小伙伴还放牛，我就放过两个月牛，对牛自然有一种感情，牛是我们的兄弟和朋友。

而远在我们之前，牛在天上已经生活很久很久了，有一位放牛的大哥就在银河岸边的草滩放牛，他叫牛郎。放牛娃命苦，即使到了天上命还是苦，他除了放牛，还要追赶他喜欢的那个叫织女的女孩子，他就更苦了。我们想帮助他，也想劝说他，如果实在太苦，就先回到地上，和我们一起玩，一起放牛，在村里找个好姐姐成个家。

那时，所有的神话、传说，对于我们都像真的一样，甚至比真实的故事更真实，更能打动我们纯真的心灵。我们活在现在，活在地上，却由衷地为远古、为天上那些可爱可怜的人担忧和祝福。那时，我们把多少纯真的泪水，洒给了他们，他们是居住在天上的我们有情有义的亲人。在夏夜，我们一次次在天上寻找牛郎，我们的小手频频举过头顶，伸进星空，在密集的星星的森林里，在银河的沙滩上，仔细寻找和辨认我们亲爱的牛郎哥哥。有时，刚刚找到，几片云又遮住了；等到云散去，缭乱的星光晃花了眼，牛郎哥又不见了，于是又继续找，非找到不可，否则晚上睡觉是睡不踏实的。一个可爱的人丢失在了天上，没被我们找到，这是多大的事啊，我们怎能撂下他不管呢。好不容易找到了，就赶紧打上记号，村头田埂上那根木头电线杆、喜娃家门前那棵高高的香椿树，我家后门靠近水渠边上的那棵老槐树，小河对岸柏林寺那弯弯翘起的屋顶，都为天上的牛郎做过记号，它们的标记不是很准确，因为天空实在太大了，闪光的地址太多了，流泪的眼睛太多了，它们如何能被我们标示清楚呢？但是，在我们标示它们的时候，它们却更准确地标示出了：我们纯洁的情感，曾经一次次到达了天上，感动过神灵。

四

辨认月宫：那时的月亮特别大，特别亮，特别清晰，尤其是在深秋季节，天黑不久，月亮从对面山上出来，笑嘻嘻地、满面喜气地向我们点头、致意，一步步向我们走来；月亮很像个大铜锣，要是谁站在山顶上用一根木棍轻轻敲一下，满天下的人一定能听见清脆悠扬的铜锣的声音。当月亮在露珠闪闪的麦地上空走过，她简直是踮着脚步、贴着麦苗的叶子在轻轻移动，露珠儿打湿了她的脸，一会儿又被几片云轻轻擦拭过，月亮就更亮，更清晰了。她来到我们头顶了，现在，她就端端正正地坐在我们头顶，面对面地，我们看着她，她看着我们。我们看见了那里的山，看见了山下的河，看见了桂花树，看见了捣药的兔子，看见了慈祥的吴刚，我们甚至看见了他手中挥动的斧头，看见了他脸上、脖子上亮晶晶的汗水，他也是个劳动人民，像我们的父亲一样，他在天上辛苦地劳动。遗憾的是他的劳动是如此没完没了，又毫无成果。我们清楚地看见被他砍过的桂树很快合上了刀痕，又完好如初，于是他又砍，继续砍，桂树上那闪动着的光斑，是他不停挥动的斧头，是他飞溅的汗珠。于是我们知道了，那桂树是喝着他的汗水在生长呀。那位嫦娥姨姨我们始终没有看见，据说她住在月宫里，她为什么不出来见见我们呢，世世代代的人们念叨着她，世世代代的孩子们念叨着她，她为什么就不看看守在地上的这些好心的亲戚呢？

那时，月亮上没有一丝尘埃，人类的脚印还没有到达那里，那时候，还没有任何力量将月亮从我们心中摘下，放在冰冷的盘子里，指着它斩钉截铁地说：它是一块石头。不，那时，我们眼里的月亮是神仙的故乡，是我们存放在天上的一本画册，是等待我们慢慢打开的祖先寄来的一封家书，是收藏着世世代代孩子们纯真梦境的宝盒，是等待我们用干净的小手去轻轻敲响的宇宙的大铜锣。那时，我们不知道高科技，没有望远镜，但童心的眼睛望得最远，看得最真。我们在冷冰冰的物质的宇宙里看见了温暖的感情，看见了永生的灵魂，那时，在现代的烟尘还没有遮蔽眼睛的时候，我们看见了最美好的月亮。

五

追赶流星：那时，夜晚的星星特别密，流星也特别多，大人们

说，那是以前上了天的先人又想回家，成了仙的游魂又想变人，于
是他们连夜下凡、试探。我们是深信大人的话的。就是现在，我早
已经是大人了，仍然觉得那时不识字的乡亲们说的许多话天真得像
童话，美好得像诗，深沉得像寓言，那是朴素的信仰、亲切的哲学、
深情的美学、象征的天文学。今天，我们这些做大人的，再也说不
出那样有意思、有情义的话，我们有了一颗被实用主义、技术主义
和消费主义层层包裹牢牢捆绑的心，却永远失去了那颗充满温情和
诗意的天真的心，神秘的心，在永恒和无限里遨游的心。

还记得那个晚上，我和小明、喜娃、云娃、润娃在田野里游荡。
忽然，嚓，一颗流星划过漾河湾，坠落在对岸芦苇滩上，我们就赶
紧追过去，过了河上的柳木桥，走了好远，到达那片芦苇滩，并没
有找到流星的踪迹，结果却发现一对青年男女，紧挨着坐在大石头
上，那男的时不时指着天空说着什么。我对他们说我们看见流星落
在了这里，我们是来找流星的，那男的说流星落在更远的前面，你
们跑过去也不会找到，它永远都在最远的前面，索性就坐下来看流
星吧，到哪里看见的流星都是同样的流星。孩子们怎么坐得住呢？
他们必须找到他们想要的东西，相信梦想胜过相信生活，相信心灵
胜过相信眼睛，总是被梦牵引，相信这个世界的深处和世界的远方
存在着一个神奇的原因，存在着一个绝对美好的目的，存在着奇
迹——这才是孩子。是孩子延续着这个世界的梦想，是孩子不断重
演这个世界的创世纪，是孩子不断让这个被大人们住老了、用旧了

的老世界返老还童，重现它本来的神圣、神奇和神秘。

我们告别了那对男女，转过身，忽然，嚓，嚓，有两颗流星划着并行的弧线，舞蹈着降落在前面那座叫定军山的山脊上，于是我们爬上山顶。在那里，我们同样没有找到流星的踪影，我们却走进了一个守山护林人的窝棚，看见了那个可敬的守山老人，他给我们讲天上的传说，地上的故事，讲猴子搬苞谷的笑话，讲黑熊望月的憨态。他指着窝棚不远的黑红色的石头说，这是曹操拴过马的石头，是诸葛亮站立过的石头，你们听，三国的英雄们还没有走远，林子里的风还响着他们的回声……那夜，我们没有找到流星的踪迹，却隐隐约约发现了古人的踪迹，追着天上的线索，我们却不小心来到历史的纵深，听见了时间深处的回声……

六

为星星起名字：那时，我们无知，我们蒙昧，我们没文化，我们不懂得半点天文学，对天空宇宙，我们只有父辈口传的那些神话和传说，还有就是我们内心里无止境的想象。博大的星空原谅了我们的无知，他敞开怀抱一夜夜接纳了我们，我们在他怀里纵情地做梦，纵情地畅想，纵情地飞翔。

　　面对无边无际的星空，我们能叫出名字的只有十几颗，就像在人山人海里只能叫出几个亲戚朋友的名字。偏偏那时星空特别亮，星星特别密，我们纯真的眼睛也许还看不清也看不懂地上的事情，而对天上的事物，我们比大人看得更清楚。我们在天上结识了很多朋友，亲爱的星星朋友，但是我们叫不出他们的名字。朋友怎么能没有名字呢？于是我们开始给星星们起名字。

　　那每天晚上准时出现在村头水井里的那颗星叫什么名字呢？大人们都不知道。黄昏提水的时候，他在井里眨着眼睛；清晨打水的时候，他在井里揉着眼睛。他在这井里守了几百上千年了，据说这是个千年古井，大人们说，有他守护，这井水就清，就甜，就好喝。他从高高的天上，来到深深的井底，他是多好的朋友呢，于是我和喜娃、云娃、润娃一致决定，给他取名叫"水井星"。我们觉得有点对得起这位好朋友了，抬头看他，他真的也变得水淋淋了，他好像接受了我们给他的命名。那总是出现在柏林寺上空，正对着高高翘起的屋脊，当寺庙的钟声响起，他也随着微微战栗，好像被什么打动了，就像我外婆总是容易被庙里的钟声和诵经的声音打动，这么有灵性的星星，就叫他"大佛星"吧。在我们经常去采猪草的那个坡地，好几次黄昏我们抬眼就看见了他，他好像觉得我们太贪玩了，天快黑了猪草篮子还是空的，于是他就打出手电警告我们：天黑了，猪饿了，快采猪草了。看见他，我们果然发现真的天快黑了，于是赶紧停止了游戏，赶紧采猪草。那时，我们采猪草回家，大人是要给猪草篮子称秤的，分量不够是要被打屁股的。感谢天上朋友的提醒和照明，我们采够了分量，猪没有挨饿，我们也保住了屁股的完好无损。你好，天上的朋友，今后我们就管你叫"猪草星"了……

　　这些都是属于我们自己的秘密星座，它们不会被任何天文学家认同，也不被我们之外的任何人所知，但是曾经他们就是离我们心灵最近的星星。我们招一下手，他就陪伴我们回家；我们对着天空喊一声，他就在很远的地方应答。在这无限的宇宙里，谁拥有只属于自己的秘密星座呢？但是我们拥有，那是在童年，在现实世界里我们一无所有，但我们是宇宙的主人，整个星空都是我们的，全部星座都是我们的，所有星座都是我们的幸运星座。在我们的星空里，没有帝王将相的位置，没有富翁权贵的位置，没有升官发财的位置，没有赢者通吃的位置，连村主任的位置都没有。我们不知道这个世界还有谁是比我们更权威的帝王和更富有的富翁。是的，在童年，整个星空都是我们的……

七

　　数星星：这是一个普及了的项目，天下的孩子都数过星星，都清点过自己童年的家产，他们在地上还一无所有，孩子的家产全在

/ 108 /

天上，因此都很认真地守护，几乎是夜夜清点，月月盘点。

　　我们就经常坐在场院里，或躺在草地上，或站在田野上，仔细地数啊数啊，你想想那是多么伟大的数学。孩子们在丈量天河，在审计上帝，在管理宇宙，在指点神灵，在统计星空，孩子们在认真清点他们心灵的家产！我们总是如醉如痴地数着，可是谁也没有数清过，因为这家产实在太大了，可归结为一个简洁的数据：无限。无限是无法清点的，盛满纯真梦想的心灵是无法清点的。

　　后来我们长大了，据说懂事了成熟了，就渐渐放弃了天上的家产，只认极少的几个星座为自己的"关系户"，比如情色座、财富座、权力座、寿命座。目的越来越实用，账目越来越琐碎，口诀越来越庸俗，公式越来越势利。我们对自己曾经存放了无限家产的星空，渐渐放弃了，懒得望上一眼，生怕耽误了发财升官的伟大事业。最后，我们的手基本交给了钱，交给了市场，我们的心也交给了成功口诀、财富方程、得失算计。数星星成为远古的神话传说，数钱成为唯此为大之事，曾经，属于我们的无限星空，被我们清点过的那些美好的星星，我们已经完全丢失。现在，我们的手里，只剩下几叠钱；我们的心里，经过加减乘除混合运算，只剩下一堆焦虑，一串负数，一片虚无——

　　当然，也并非、绝非全然如此。我不应该以童话和天文学视角评说充满艰辛和焦虑的现实人生。先哲曾说："怜我世人，忧患实多。"星空下，多的是负重跋涉的劳碌身影，也不乏仰望星空而思接千秋的诗人之心。总有那些心灵高洁、精神宽阔的人，他既要为沉重的现世人生服役，担当起那些无法逃避的琐碎和劳碌，同时，他也有着超越的情怀和诗性的向往。他内心的河流经常向过去倒流，向清澈倒流，向童年倒流，他渴望看见童年的星空，并融入那永恒星空……

| 如果伤口会说话

剪指甲时，我又看见左手食指上的那条伤痕，我又想起了我的宝元表哥，想起了五十年前那个酷热下午的情境。

当时我十岁左右吧，在村里念小学。那是盛夏暑假，我到黄家塝一带的田野里为家里养的猪找猪草，在水稻田埂上剜些车前草、野芹菜、狗尾巴草等等，这都是猪喜欢吃的食物。不知何故，那天我没带小孩用的猪草小刀，而是带了一把大人收割庄稼时用的镰刀，不小心我把手指割破了，一条很深的口子，血流不止。我没想到我小小手指会流出这么多的血，心里很害怕。想起妈妈说过止血的方法：刀割水洗，我就把流血的手伸进稻田边的水沟里摆动、冲洗，血仍在流，我就不停地把手伸进水里冲洗。于今想来当时有点傻，我只知道刀割水洗，却不知道用手指压住伤口，通过凝血作用而止血。就这样，我童年的血傻乎乎流着，我用水沟里的水傻乎乎地冲洗着，冲洗着童年那个流血的下午，那个恐怖的下午。真的有点恐怖，从我手指上流下的血，把沟里的水染红了。

也许天意垂怜，也许童年的血毕竟有限，流血停住了，我这才看见食指上那么深一个口子，那样的苍白，还有点肿胀。这流血的童年手指，被水浸泡的手指，一个还没有开始触摸生活的稚嫩手指，却被疼痛过早触摸和伤害了。

酷日当头，天很热，也许还因为流血太多，当时隐隐感到有点头晕。我就坐在田埂上，借助秧苗的影子躲避烈日直晒，懵懂中我竟然睡着了。

故乡的田野上，烈日烘烤着一个孤独的少年和他受伤的手指。

这时候，我的宝元表哥（当时二十多岁，不到三十岁，是村小学的民办老师），他从田野里走过来了，他看见我了，他是怎么知道我在这里的？至今我都不知道因由。也许他在田野散步，或者他要看看他家自留田里水稻的长势，却看见了水沟里缓缓流淌的殷红的水，那异样的殷红引起他的注意，他顺着水沟行走和察看。终于，他看见了秧苗旁水沟边那个打盹的孩子，他看见了那受伤的手指，他看见了那刚刚流过血的童年。

我的宝元哥轻轻拍了拍我的肩膀，轻轻地叫醒我。然后，他轻轻捧起我受伤的手指，说，这么热的天，拿这么锋利的镰刀，流这么多的血。唉，我都不忍心批评你了。你是个好孩子，爱学习，爱劳动。可是，怎么就不懂得保护自己呀。

一边说着，我的宝元哥就用一只手帮我提着猪草篮，用另一只手拉着我的手走在田埂上，记得他还把他头上戴的草帽摘下来，戴在我头上，他怕我中暑。

宝元哥把我送到家里，对我父亲说，叔叔，我做小辈的不该说你的不好，但是今天我要怪你，这么热的天，你不该让小孩一人出去干活，不该让毒太阳暴晒一个小孩子。你看看他手指上的伤口，血都把水沟染红了。多危险啊，叔叔，做大人的以后可要注意保护自己的孩子。

我忘记了父亲当时是怎样回答宝元哥的，但记得他一再感谢我的宝元哥，看着我受伤的手，他的眼睛湿了。

我记得那个盛夏的下午，我记得那被烈日暴晒的童年，我记得那流血的手指，我记得宝元哥拉着我的手送我回家。

此刻，我久久凝视着右手食指上这条淡白的伤痕——是的，时光抹平了历史的许多深沟巨壑，但是，时光却小心地保留了这细微的情节和无声的伤痕——如果伤口会说话，它会说出最深的感情，最深的记忆——那个拉着我的手送我回家的宝元哥，那顶从他头上摘下来戴在我头上的麦秆草帽，那双轻轻捧起我受伤手指的温和的手。

在伤口的诉说里，我的宝元哥，就是从我生命原野上走过的最好的人……

想念杨老师

杨老师是民国年间的大学生，当时五十来岁，微胖，中等个子，常年一身蓝色中山装，留着背头，面容慈祥刚毅，很有风度，他是我们1975级高中语文课老师。

那时我是住校生，一间大宿舍支了两长排木床板，同学们各占一小溜空间，铺上被单，紧挨着睡一长排，下了晚自习，一长排俊丑不一、胖瘦不一的青春的脑壳、青春的脸、青春的苦闷、烦恼和青春的激情，就紧挨着拥挤在狭窄的木板上。陪伴我们的是夏天的酷热和蚊虫的叮咬，以及冬夜的寒冷，也有同学尿床，潮湿的被单被青春的身体暖热，那不好闻的气味就缭绕于宿舍，缭绕我们十七八岁的夜晚。

杨老师到我们宿舍看过几次。他不是专门看某个宿舍，他把住校高中生的宿舍都一一看过了，他不是学校领导，他只是个普通老师，他探望我们的宿舍，是出于一个老师和长者对学生后辈的心疼和关爱。记得他从一间间宿舍走出来，他的脸上掠过一种怜悯和忧愁，那表情里夹杂着无力为这些正值青春年华的孩子提供什么帮助的惭愧和自责。我感到杨老师是一个很善良、很关心学生的好老师。

有一天下了课，杨老师把我叫到他的办公室兼卧室——一间房隔成两半，一半是办公室，一半是卧室。杨老师说，李汉荣，现在深冬了，很冷，以后晚自习就到我屋里来学习，然后用热水洗一下脚，再回宿舍睡觉休息，这样脚不冻，睡下暖和些。

这个冬天一直到放寒假前，我几乎每个晚上都是在杨老师办公室里看书做作业，除了功课，杨老师还让我读了他的一些藏书，如《中华活页文选》合订本、《中国古代文学史》等。下晚自习的铃声响了，就用杨老师给我专门提供的搪瓷洗脚盆，盛上热水洗脚，然后暖暖和和回到宿舍睡觉。我记得那搪瓷脸盆是红白相间的颜色，盆底有两条一大一小红色金鱼，它们和我的青春的脚，一同享用着寒冬里的暖流。

到年底我高中毕业了，告别了母校和杨老师，也告别了那温暖的办公室和温暖的洗脚盆，我心里非常感激杨老师对我的特殊关照和那一份珍贵的师生之情。但那个年纪的我很青涩，心里藏着灼热的感情，却不知是由于羞涩或拙于表达，直到离开学校我竟没向杨老师诚挚地说一声感谢的话。

后来我大学毕业参加工作了，想着带上礼物去看望敬爱的杨老师，一打听，才知道杨老师患高血压病已经逝世多年，去世时才六十几岁。

那荒寒年代里的温暖，来自一位清贫却厚道的老师的仁慈胸怀，对于我来说已近于一份师爱与父爱混合的深深的亲情。我当时因为青涩拘谨而未及言表，如今则因为天人相隔而无从言表。恩师永逝，但那冬日脸盆里的暖流，至今没有降温，那一大一小两条鱼儿，仍在记忆的暖流里洄游……

第三章

万物有灵，自由且美

✻

我对不起那只兔子

　　它似乎是相信我的。但是，它太轻信我了，我其实和多数人一样，是不值得信任的。

　　我从朋友那里得到这只白兔子。它完成了陪朋友家小孩"玩一段"的任务，现在，孩子觉得它不好玩了，要玩别的，比如猫或小狗；它的不卫生习惯也招致主人的厌烦。主人就转手送给我。朋友说也是别人转手送给他的。是的，是"转手"，不停地转手。它是可以随时转手送人的，包括转手送给屠夫和刀子。朋友算是仁慈的，转手送给了我，因为我不是屠夫。这算是朋友对它的感谢和善待。

　　它很白，周身的毛色雪白，没有任何杂质，卧在那儿，像一堆雪。前年或很多年前的那些洁白初雪，还没有化，被这只兔子保管着，带到我家。我在夏天看见了雪，感到了纯洁、雪意等这些古典词儿还健在，还可以使用，不是矫情或矫饰的词儿，是及物的，有机的好词儿。一只白兔复活了这些好词的生命力和现场感，而在它到来之前，我感到这些词已经死了，词的内涵和象征性已经流失了，被掏空了，失去了表述和象征的对应物，它们成了空洞的词。因为不只是大自然，也包括我们的内心，已有好多年好多年不下雪了，偶尔飘一点雪，落地而化，雪坐不下，刚坐下还没静会儿神，就化了，制造一点烂泥就罢工，罢雪了。这地球，这土地，这人心，到底还好不好？还适不适宜生长童话和诗？还适不适宜安放云朵和纯棉？还适不适宜安放我们纯真的初恋和从心底里掏出的、那些只说给爱人、只说给一朵羞涩灯盏花的悄悄话？还适不适宜无忧无虑地坐下来想想家里的事、心里的事、天下的事，想想泉边一朵水仙在午夜静静开放时那细弱的心事？乃至想想天长地久的大自然的事，想想精神彼岸的事，也协助上帝想想他老人家一直在想的宇宙和生命之意义何在的事？到底适不适宜坐下来想想这些呢？国王说了不算。依我看，唯有雪说了算。雪从天上来了，想找个地方多坐会儿，与我们促膝长谈一次，可是，雪，坐不住，还没坐稳就化了，就走了。柔弱的事物，才能检验这个世界的安全度、可信度、善良度和美好度。你以为雪只是来地上随便闲逛，随便跳个广场舞，随便“到此一游”的？不，雪是负有苍天授予的责任的，雪是天物，天物皆自带天意和天职。雪坐不住，转身走了，回到天上去了，通知别的雪，不要下去了，那里太脏，太燥热，太嚣张，太薄情，那里不宜洁白的东西居住和生长，那里无处落座，那里没有柔弱的座位，没有谦卑的座位，没有深情的座位，没有洁白的座位。

那怎么办呢？毕竟这么多人、这么多生灵都在地上，雪觉得不适宜，雪可以转身就走了，返回天上，我们除了地上，没处去呀。雪，天物，天物不是无情物，是自带天意和深情的。雪，走了，但它没说它再不来了，到底来不来，要看能不能来，要看来了能不能坐下，坐下了才能与我们促膝长谈呀。这就要看我们这些地上的人，在大地上，在我们的心里，能不能给柔弱留下座位，给谦卑留下座位，给深情留下座位，给洁白留下座位。

　　怎么一说雪就止不住了呢？因为这只白兔子，让我想起多年前的那些白雪。兔子卧着，一小堆白雪，在屋子，在我面前，唤醒了久违了的那种雪意。但它是温暖的，一个纯洁生命传递着雪意，却把凛冽和严寒，封存在我们无法走进的它的寂寞的内心。

　　但是它死了。没有青草和露水，没有幽静的林子，没有月光下可以奔跑的无边山野，没有同伴和朋友，甚至也没有天敌带给它惊吓或终于逃脱天敌的成就感——我们其实是它的天敌，却冒充它的朋友，但它知道我们的身世和底细，它并不相信我们在一夜之间就进化成了它的朋友。所以，自从它被转手送给我的那一刻，它就不太高兴，但反抗是徒劳的，它放弃了反抗，但无法与我和睦相处。它对我心存腹诽，所有的生灵都对人类心存腹诽。即使我们似乎确有真情，那得首先它们对我们有用，或者好玩能充当宠物，或者好吃、能卖钱，然后获得一点与它们的有用性基本对等的感激或不舍——它们输掉了全部的自己，仅赚得这一点菲薄的、它们无法理解和消费的利润。

它死了，饱一顿，饿一顿。我没有耐心伺候一只兔子，虽然它的白雪的形象带给我柔弱和洁白的联想，填补了我的部分审美匮乏，虽然"清风明月不用一钱买"，但是，对具体生命的审美，也不是免费的，你得为它操心，为它不停的吃喝拉撒厌烦和生气。天上的白雪是天籁之美，你只管惊叹和欣赏就行了，然后用一首诗保存它的洁白、空旷和纷纷扬扬。兔子保管的白雪却要用不间断的吃喝拉撒来维持。你先得一次次清理掉它的排泄物，然后再看它时，从它的那身白雪，你不仅看见了洁白，还老想起一点也不洁白的充满麻烦和异味的别的东西在后面垫底。

它死了，也许是死于饥饿，也许是死于疾病，也许是死于孤独、寂寞和忧伤——我们无法知晓一个生灵的简单的孤独、寂寞和忧伤。虽然是简单的，但是致命的——在上帝或神的眼里，我们的那些感到难以忍受的孤独、寂寞和忧伤不也是简单的，是微不足道的吗？比起上帝或神独自承受的宇宙规模的孤独、寂寞和忧伤，人的那点孤独、寂寞和忧伤确乎是完全可以忽略不计的。但是，对于我们有时是致命的，我们的生命就那么一点点大，我们脆薄的器皿盛不下太多的孤独、寒冷和痛苦的压迫。推己及人，推己及物，将心比心，在无边且无常的命运压力面前，所有生命的杯子，都盛不下多少东西，随时会砰然而碎。

它死了，我在河滩埋葬了它，算是我对它的最后一点礼遇和善待。我想，从它的遗骸里会长出来年的青草，清新的草香将漫过牛羊们的口腔和身体，它们无声地感激大地恩情的时候，也就感激了它。

直到我捧起泥土掩埋它的时候，它瘦削下去的身体仍然保持着雪的洁白。我迟迟不忍把泥土覆盖上去，安埋一个圣人或一个英雄，与安埋一个生灵有多大的区别呢？在天穹的眼里，毫无区别，都是逝灭和永别。我站起来，抬起头想找到点能够说服我、安慰我的东西，能够减少我的负罪感和虚无感的东西——这时，我从灰暗的天空靠东的一角，看见了几片白云，我看了好一阵，此时无风，那几片白云飘得很慢，好像有意在我心里多飘一会儿。然后我慢慢放下了泥土，覆盖了那白雪。

这简单的葬仪之后，连续好几天我情绪低沉，也不想说话。我没有修行到佛的慈悲的境界，也无法完全放下，无法做到心境空明，无有挂牵。对于这只兔子，我是有愧的，我对不起它，把它一次次转手的我们都对不起它，我们都参与了对它的谋害，我们都是作案者。它在人们的手里转来转去，却无人对它负责，也无法对它负责，大而化之的大自然也没有制定或默认一个为所有生命负责的普遍而温暖的道德律和被众生认同并恪守的慈悲伦理学。我们不停地转手，生灵在我们冷漠光滑的手里转来转去，最后只是把它转手给了死亡和虚无。

我对不起它，但我只是常常在内心里向它道歉和自责，却无法保证下不为例，无法保证再也不对不起它，或再也不对不起它们。

这就是我们作为人的悲哀之处、难堪之处和愧疚之处……

鸟是懂得美感的

我仔细观察过两种鸟，发现它们是很懂得美感的。

斑鸠爱在屋顶上歇息，并发出悠扬的叫声。它们或结伴或单独停在那里，耐心地把一段古歌（也许是祖传的家训）反复演唱、朗读，有时整整一个下午就在那里做这一件事，就像我们专注地种地、数钱、打麻将、谈恋爱、做作业或玩电脑。而在有些屋顶，它们蹲一会儿，潦草叫几声就转身飞走了，而且很少再来这里。这是为什么？通过比较我知道了原因：它们不愿久待的屋顶，多是那些粗陋、灰暗的房子，屋顶也逼仄，平铺直叙，没什么起伏和特点。倒不是斑鸠嫌贫爱富，绝不是的，你看，那些贫寒人家简单的草房，斑鸠却喜欢蹲在草做的屋顶上聊天唱歌。它们喜欢草房的干净、柔软和芳香，而且，站在枯草上，能看见和欣赏田野及远山更多生长着的草色，这该是怎样的惬意呢。多数情形是，斑鸠选择的屋顶都明亮、大方、素洁，视野开阔；斑鸠还喜欢有适当装饰的那种屋顶，过去人们修房，无论贫富，都要在房檐和屋顶雕琢和装点些东西，多是喜鹊（暗示有喜）、蝙蝠（寓意多福），有时就是斑鸠的造型。你想，斑鸠与这么多同类在一起，甚至就与自己在一起，它会如何地欣喜？而且它发现房子的主人把它们这些长翅膀的看得这么重，捧得这么高，它会不会有些感动呢？斑鸠不喜欢什么大富大贵，我很少看见富翁大款们的豪宅别墅上有过斑鸠的身影。斑鸠是朴素的，清洁的，甚至也是清贫的，在它眼里，任何对财富的炫耀、对权力的炫耀、对身份的炫耀，都如同猎人对猎枪和子弹的炫耀，这令斑鸠不仅惧怕，而且厌恶，所以躲之唯恐不远。通过观察，我略知斑鸠选择屋顶的审美原则：不论贫富，但论明暗，朴素、大方、开阔是其首选。

野画眉体形简洁、娇小、精致，人们对它的生活方式和隐私所知甚少，我看见它的时候多是在河边、溪流边、水井边、水田边，或雨后原野上、道路旁的水滩边，这正是它饮水、进餐、玩耍的时候。它总是出现在有水的地方，说明它是水鸟的一种。在大一些的河边，有很多水鸟，但我几乎没见过它的身影，几次去海边，在东海、黄海和南海，我都留意有没有画眉，好像没有，至少我没看到。我看见它，都是在清浅、不起眼的水边，在小溪、小河、小水潭，在小小的水井边，在下雨后依然滴答着的屋檐下浅浅的水沟里。记得我很小的时候，村头水井上一年四季总是蹦跳着几只小画眉，啾啾叫着，看见人来挑水并不走远，而是退在一旁静静看着那弯腰取水的人，好像为不能帮忙而不好意思似的。它们似乎知道人与它们共用着一井水，所以从来没有发现它们往井里丢下任何不洁的东西。

　　不仅在水井，在所有画眉出没的水边，我都不曾见过它们随意抛下任何垃圾，只有地面上留下它们那细小的、令人怜惜的脚印。这细微的脚踏在任何事物上面，都不会造成伤害和疼痛，即使踏在花朵上，只会使花朵感到轻微的痒，感到春天手指的抚摸；即使踩在月光里，只会使月光误以为自己也有了体温，其实那是一只小小画眉通过它的脚向土地传递的小小的温暖。我至今还记得童年时，春天，屋檐上的冰凌化了，水一点点滴下来，几只小画眉沿着浅浅水沟排成一列，一边啄水，一边议论着什么，这是我听见的春天最清新的声音。去年回老家，特意看望村头那眼老井，井水仍很旺，很清，感叹祖先真会看风水，他们能望见地层深处的消息。不期而遇，我看见几只小画眉在井台上散步、戏耍，仍那么娇小、精致，好像还是我童年看见的那几只……

　　是的，总是在小小的、不起眼的有水有人的地方，出没着这娇小、美丽、不起眼的身影，它陪伴着那些不起眼的地方的不起眼的寂寞，陪伴着那些不起眼的人的不起眼的日子，因了它，不起眼的一切就有了别样的意味，值得长久注目和凝视，比如我吧，常常觉得那些虽然不起眼但干净、纯真的事物特别亲切和有趣，比如小小野画眉和它喜欢的那些不起眼的地方。由此，我总结画眉的美学思想：奉行"小的，就是美的"，崇拜清洁、清澈，善于在微观领域发现美的存在，体会微妙诗意；不知不觉间，它们也成了诗意的一部分。

为蚂蚁让路

我扛着行李远行，在路的转弯处，有一个水滩，蚂蚁们正在排队饮水。

我若只顾赶路，无视它们的存在，双脚踩下去，也许，一个王国就土崩瓦解了。

兴许是天意，就在这个瞬间，我的眼睛向下，我看见了它们。

与我保持相反的方向，它们排着整齐的队伍，在它们的宇宙里，在史前的洪水刚刚退潮的间隙，它们，这朝圣的队伍，膜拜着新发现的生命源头。

我的双脚犹豫了一会儿，接着停下来，我礼貌地，而且怀揣着尊敬，我站在它们面前，与它们保持着大约五厘米的距离。

仅仅隔着五厘米，我因而不是它们的死神，我因而成为它们的欣赏者和祝福者，在永恒的长路上，我因此改写了时间残暴的属性，我成为宇宙中最温柔的一瞬，最无害的一个细节。

仅仅隔着五厘米，一个我暂时不能与之对话的种族，得以保全它们的母语，不因我的闯入，而中断它们的神话和信仰。

仅仅隔着五厘米，一个我根本无权也没有能力治理的王国，得以保持完整的国土、江山、伦理和政治制度，而且继续繁荣兴旺。

仅仅隔着五厘米，它们那孤独的女王，避免了亡国的厄运，她的黑皮肤的臣民仍然忠实于她，在庞大的王国上奔走、劳碌、寻觅，维护着这古老的国家。

想一想，这么多表情一致、服饰一致、信仰一致、技艺一致的黑色的、颗粒状的生命，也在这它们根本不理解的庞大的宇宙里，为了一个简单的信仰，围绕一个孤寂的中心，忠心耿耿，风尘仆仆地远征着、辛苦着、历险着，想一想，这该是怎样惊心动魄的奇迹？

我礼貌地为它们让路，怀着敬意，我注视着它们在水潭边——在它们的大陆上新出现的大海边，排队饮水、洗脸，互相礼让并互致瞩目礼，然后带着湿润的心情，一边感恩，一边返回它们祖国的内陆。我目睹了整整一个王国的国家行为：在新生的大海边取水，并重订契约，确认对国家和女王的忠诚。

我真想请求它们中的某一位，为我领路，带我访问它们的国家，去拜见它们那德高望重、才貌双全，又难免有些孤寂的女王。

然而我根本不具备这种能力和资格，这是一件比到遥远的外星会见另一种智慧更困难的事情。

我能做的，仅仅是礼貌地停下，为它们让路。

小白

我怀念那条白狗。

是我父亲从山里带回来的。刚到我家，它才满月不久，见人就跟着走，过了几天，它才有了内外之分，只跟家里人走，对外人、对邻居它也能友好相处，只是少了些亲昵。我发现狗有着天生的"伦理观"和"社交能力"。不久，它就和四周的人们处得很熟，连我也没有见过的大大小小的狗们也常在我家附近的田野上转悠，有时就汪汪叫几声，它箭步跑出来，一溜烟儿就与它的伙伴们消失在绿树和油菜花金黄的海里。看得出来，它是小小的狗的群落里一个活跃的角色。

我那时在上高中，学校离家有十五里，因为没钱在学校就餐，只好每天跑步上学，放学后跑步回家吃饭，然后又跑步上学，只是偶尔在学校吃饭、住宿。我算了一下，几年高中跑步走过的路程，竟达一万多里。这么长的路，都是那条白狗陪我走过来的。每一次它都走在我前面，遇到沟坎，它就先试着跳过去，然后又跳过来，蹭着我的腿，抬起头看我，示意我也可以从这里跳过去。到了学校大门，它就停下来，它知道那是人念书的地方，它不能进去，它留恋地、委屈地目送我走进校园，然后走开，到学校附近的田野里。等到我放学了，它就准时出现在学校门口，亲热地蹭着我，陪我从原路走回家。我一直想知道，在我上课的这段时间里，它是怎样度过的。有一天我特意向老师请了一节课的病假，悄悄跑出校园观察狗的动静。我到食堂门口没有找到它，它不是贪吃的动物；我到垃圾堆里没有找到它，它是喜欢清洁的动物；我到公路下面的小河边找到它了，它卧在青草地上，静静地看着它水里的倒影出神。我叫了它一声"小白"（因为它通体雪白），它好像从梦中被惊醒过来，愣愣地望了我一会儿，突然站起来舔我的衣角，这时候我看见了它眼里的泪水。那一刻我也莫名其妙地流出了眼泪，我好像忽然明白了生命都可能面对的孤独处境，我也明白了平日压抑我的那种阴郁沉闷的气氛，不仅来自生活，也来自内心深处的孤独。作为人，我们尚有语言、理念、知识、书本等叫作文化的东西来化解孤独升华孤独，而狗呢，它把全部的情感和信义都托付给人，除了用忠诚换回人对它的有限回报，它留给自己的全是孤独。而这孤独的狗仍然尽着最大的情义来帮助和安慰人。这时候狗站在我身边，河水映出了我和它的倒影。

后来我上大学了，小妹又上高中，仍然是小白陪着妹妹往返。妹妹上学的境遇比我好一些，平时在学校上课、食宿，星期六回家，星期日下午又返回学校。小白就在星期六到学校接回妹妹，星期日下午送妹妹上学，然后摸黑返回家。我在远方思念着故乡的小白，想着它摸黑回家的情景，黑的夜里，它是一团白色的火苗。

有一次我梦见小白走进了教室，躲在墙角看着黑板上的字，它也在学文化？醒来，我想象狗的脑子里到底在想什么，它有没有了解人，包括了解人的文化的愿望？它把自己全部交给人，它对人寄予了怎样的期待？它仅仅满足于做一条狗吗？它哀愁的深邃目光里也透露出对人、对它自己命运的大困惑。它把我们兄妹送进学校，它一程程跑着周而复始的路，也许它猜想我们是在做什么重要的事情。我们识了许多字知道了一些道理，而它仍然在我们的文化之外，它当然不会嫉妒我们这点儿文化，但它会不会纳闷：文化，你们的文化好像并没有减少你们的忧愁。

后来小白死了，据说是误食了农药。父亲和妹妹将它的遗体埋在后山的一棵白皮松下面，它白色的灵魂会被这棵树吸收，越长越高的树会把它的身影送上天空。那一年我回家乡，特意到后山找到了那棵白皮松，树根下有微微隆起的土堆，这就是小白的坟了。我确信它的骨肉和灵魂已被树木吸收，看不见的年轮里寄存着它的困惑、情感和忠诚。我默默地向白皮松鞠躬，向在我的记忆中仍然奔跑着的小白鞠躬。

| 牛的写意

天空中飘不完云彩，没有一片能擦去牛的忧伤。

牛的眼睛是诚实的眼睛，在生命界，牛的眼睛是最没有恶意的。

牛的眼睛也是美丽的眼睛。我见过的牛，无论雌雄老少，都有着好看的双眼皮，长而善眨动的睫毛，以及天真黑亮的眸子。我常常想，世上有丑男丑女，但没有丑牛，牛的灵气都集中在它大而黑的眼睛。牛，其实是很妩媚的。

牛有角，但那已不大像厮杀的武器，更像是一件对称的艺术品。有时候，公牛为了争夺情人，也会进行一场爱的争斗。如果正值黄昏，草场上牛角铿锵，发出金属的响声，母牛羞涩地站在远处，目睹这因它而发起的战争，神情有些惶恐和歉疚。当夕阳"咣当"一声从牛角上坠落，爱终于有了着落，遍野的夕光摇曳起婚礼的烛光。那失意的公牛舔着爱情的创伤，消失在夜的深处。这时候，我们恍若置身于远古的一个美丽残酷的传说中。

牛在任何地方都会留下蹄印，这是它用全身的重量烙下的印章。牛的蹄印大气、浑厚而深刻，相比之下，帝王的印章就显得小气、炫耀而造作，充满了人间的狂妄和机诈。牛不在意自己身后留下了什么，绝不回头看自己蹄印的深浅，走过去就走过去了，它相信它的每一步都是实实在在走过去的。雨过天晴，牛的蹄窝里的积水，像一片小小的湖，会摄下天空和白云的倒影，有时还会摄下人的倒影。那些留在密林里和旷野上的蹄印，将会被落叶和野花掩护起来，成为蛐蛐们的乐池和蚂蚁们的住宅。而有些蹄印，比如牛因为迷路踩在幽谷苔藓上的蹄印，就永远留在那里了，成为大自然永不披露的秘密。

牛的食谱很简单：除了草，牛没有别的口粮。牛一直吃着草，从远古吃到今天，从海边攀缘到群山之巅。天下何处无草，天下何处无牛？一想到这里我就禁不住激动：地上的所有草都被牛咀嚼过，我随意摘取一片草叶，都能嗅到千万年前牛的气息，听见那认真咀嚼的声音，从远方传来。

牛是少数不制造秽物的动物之一。牛粪是干净的，不仅不臭，似乎还有着淡淡的草的清香，一位外国诗人曾写道："在被遗忘的山路上，去年的牛粪已变成黄金。"记得小时候，在寒冷的冬天的早晨，我曾将双脚踩进牛粪里取暖。我想，如果圣人的手接近牛粪，圣人的手会变得更圣洁；如果国王的手捧起牛粪，国王的手会变得更干净。

在城市里，除了人的浑浊气息和用以遮掩浑浊而制造的各种化学气息之外，我们已很少嗅到真正的大自然的气息，包括牛粪的气息。有时候我想，城市的诗人如果经常嗅一嗅牛粪的气息，他会写出更接近自然、生命和土地的诗。如果一首诗里散发出脂粉气，这首诗已接近非诗；如果一篇散文里散发出牛粪的气息，这篇散文已包含了诗。

| 放牛

大约六岁的时候，生产队分配给我家一头牛，父亲就让我去放牛。

记得那头牛是黑色的，性子慢，身体较瘦，却很高，大家叫它"老黑"。

父亲把牛牵出来，把牛缰绳递到我手中，又给我一节青竹条，指了指远处的山，说，就到那里去放牛吧。

我望了望牛，又望了望远处的山，那可是我从未去过的山呀。我有些害怕，说，我怎么认得路呢？

父亲说，跟着老黑走吧，老黑经常到山里去吃草，它认得路。

父亲又说，太阳离西边的山还剩一竹竿高的时候，就跟着牛下山回家。

现在想起来仍觉得有些害怕，把一个六岁的小孩交给一头牛，交给荒蛮的野山，父亲竟那样放心。那时我并不知道父亲这样做的心情。现在我想：一定是贫困艰难的生活把他的心打磨得过于粗糙，生活给他的爱太少，他也没有多余的爱给别人，他已不大知道心疼自己的孩子。我当时不懂得这简单的道理。

我跟着老黑向远处的山走去。

上山的时候，我人小爬得慢，远远地落在老黑后面，我怕追不上它我会迷路，很着急，汗很快就湿透了衣服。

我看见老黑在山路转弯的地方把头转向后面，见我离它很远，就停下来等我。

这时候我发现老黑对我这个小孩是体贴的。我有点喜欢和信任它了。

听大人说，牛生气的时候，会用蹄子踢人。我可千万不能让老黑生气，不然，在高山陡坡上，它轻轻一蹄子就能把我踢下悬崖，踢进大人们说的"阴间"。

可我觉得老黑待我似乎很忠厚，它的行动和神色慢悠悠的，倒好像生怕惹我生气，生怕吓着了我。

我的小脑袋就想：大概牛也知道大小的。在人里面，我是小小的，在它面前，我更是小小的。它大概觉得我就是一个还没有学会四蹄走路的小牛儿，需要大牛的照顾，它会可怜我这个小牛儿的吧。

在上陡坡的时候，我试着抓住牛尾巴借助牛的力气爬坡，牛没有拒绝我，我看得出它多用了些力气。它显然是帮助我，拉着我爬坡。

很快地，我与老黑就熟了，有了感情。

牛去的地方，总是草色鲜美的地方，即使在一片荒凉中，牛也能找到隐藏在岩石和土包后面的草丛。我发现牛的鼻子最熟悉土地的气味。牛是跟着鼻子走的。

牛很会走路，很会选择路。在陡的地方，牛一步就能踩到最合适、最安全的路；在几条路交叉在一起的时候，牛选择的那条路，一定是到达目的地最近的。我心里暗暗佩服牛的本领。

有一次我不小心在一个梁上摔了一跤，膝盖流血，很痛。我趴在地上，看着快要落山的夕阳，哭出了声。这时候，牛走过来，站在我面前，低下头用鼻子嗅了嗅我，然后走下土坎，后腿弯曲下来，牛背刚刚够着我，我明白了：牛要背我回家。

写到这里，我禁不住在心里又喊了一声：我的老黑，我童年的老伙伴！

我骑在老黑背上，看夕阳缓缓落山，看月亮慢慢出来，慢慢走向我，我觉得月亮想贴近我，又怕吓着了牛和牛背上的我，月亮就不远不近地跟着我们。整个天空都在牛背上起伏，星星越来越稠密。牛驮着我行走在山的波浪里，又像飘浮在高高的星空里。不时有一颗流星，从头顶滑落。前面的星星好像离我们很近，我担心会被牛角挑下几颗。

牛把我驮回家，天已经黑了多时。母亲看见牛背上的我，不住地流泪。当晚，母亲特意给老黑喂了一些麸皮，表示对它的感激。

秋天，我上了小学。两个月的放牛娃生活结束了。老黑又交给了别的人家。

半年后，老黑死了。据说是在山上摔死的。它已经瘦得不能拉犁，人们就让它拉磨，它走得很慢，人们都不喜欢它。有一个夜晚，它从牛棚里偷偷溜出来，独自上了山。第二天有人从山下看见它，已经摔死了。

当晚，生产队召集社员开会，我也随大人到了会场，才知道是在分牛肉。

会场里放了三十多堆牛肉，每一堆里都有牛肉、牛骨头、牛的一小截肠子。

三十多堆，三十多户人家，一户一堆。

我知道这就是老黑的肉。老黑已被分成三十多份。

三十多份，这些碎片，这些老黑的碎片，什么时候还能聚在一起，再变成一头老黑呢？我忍不住号啕大哭起来。

人们都觉得好笑，他们不理解一个小孩和一头牛的感情。

前年初夏，我回到家乡，专门到我童年放牛的山上走了一趟，在一个叫"梯子崖"的陡坡上，我找到了我第一次拉着牛尾巴爬坡的那个大石阶。它已比当年平了许多，石阶上有两处深深凹下去，是两个牛蹄的形状，那是无数头牛无数次地踩踏成的。肯定，在三十多年前，老黑也是踩着这两个凹处一次次领着我上坡下坡的。

我凝望着这两个深深的牛蹄窝。我嗅着微微飘出的泥土的气息和牛的气息。我在记忆里仔细捕捉老黑的气息。我似乎呼吸到了老黑吹进我生命的气息。

我忽然明白，我放过牛，其实是牛放了我呀。

我放了两个月的牛，那头牛却放了我几十年。

也许，我这一辈子，都被一头牛隐隐约约牵在手里。

有时，它驮着我，行走在夜的群山，飘游在稠密的星光里……

| 猫

上小学时，我家养着一只黑猫。白天它总是在堂屋里懒洋洋地睡觉，睡累了，才慢悠悠在房前屋后溜达一阵，又睡过去，呼噜呼噜打鼾。我羡慕它的自由和清闲，它自己管理着自己，没有人训斥它，也没有繁重的作业和劳动。到了夜晚，它出去一阵又返回来，我上床睡觉的时候，它也上床，钻进我的被窝，睡在我脚下，与我同眠，为我暖脚，在寒冷的冬夜，他就是我脚下一个软绵绵热乎乎的暖脚袋。它呼噜噜的鼾声，应和着一个少年均匀的鼾声，与窗外细密的蛐蛐儿的琴声，混合成乡村夜晚最纯真的抒情的颤音。少年的夜晚没有故事，没有重量，但少年的夜晚并不浅薄，少年的夜晚是寂静深沉的，也是浩瀚无边的。一只黑猫，加深了一个乡村少年的睡眠深度。

有一次睡到后半夜，我醒来，感觉脚下很空，被子漏着风，才发现黑猫不在了。它去了哪里呢？母亲说，猫和人不一样，猫的昼夜与人的昼夜是反的，白天是猫的夜晚，夜晚是猫的白天，就像我们在白天干活过日子，猫在夜晚捉老鼠、找朋友，过猫的日子。现在想来，猫与我们并不生活在一个世界，猫是一种古老的精灵，猫没有古代和现代的界限，猫生活在我们时间遥远的背面，猫的时间永远停留在混沌未开的远古的夜晚。

这年冬天，哥哥弟弟的脚都冻烂了，我的脚却完好无损，我得感谢我的被窝里有一只为我暖脚的猫。不管它是有意识地陪伴和帮助我，还是仅仅是陪伴我的同时也让我陪伴了它，反正是一只纯真的猫陪伴着一个纯真的少年，两颗无邪的心在一个被窝里跳动。与一只黑猫同眠，我的夜晚很温暖，我的夜晚没有噩梦。

后来，黑猫出走，不见了踪影，我在上学和放学路上，在找猪草的田野里到处寻找，都没有找到。父亲说，好猫管三村，它是到别的村子捉老鼠、做好事去了。

第二年春天，那天我在田野玩耍，在青青的麦田埂上，我听见几声轻柔的猫叫，一愣神，它已来到我的跟前，一看，就是我家那只黑猫，它显然还认识我，望着我连声叫。它很消瘦，肚子干瘪，它弓起脊背用身子亲昵地拂着我的裤腿，我弯下腰抚摸它的背，我摸到了它那皮包着的骨头，脊背瘦硬得竟有些硌手。我心里一怔，黑猫受苦了，离开我们清贫的家，它在外流浪的日子也很不好过。我们这次意外会面很短暂，过了一会儿，它"喵喵"打了几声招呼算是道别，一转身消失在田野，我久久远望着，麦苗间它瘦小的黑影隐隐约约，终于看不见了。

长达数月，不见黑猫归来，也见不到它的踪影。也许，猫是神秘的精灵，有着不为人知的深奥的秘密，它活着或不在了，都是一种神秘。

到了秋天，我在兰家营村找猪草，路边有一个简易农家厕所，其实是搭个草棚的长方形茅坑。我进去站着小解，忽然，眼睛一亮，继而眼睛发黑，心里一个激灵，心战栗着，希望不是它，却好像就是它，尿水上漂浮着一只黑猫的尸体。我拿起旁边的一节竹竿，从尿水里挑起有些变形的猫的尸体，细看，全身乌黑，显得越发瘦了，可怜的不过是一张皮包着几根细瘦骨头，它就是我家那只黑猫。也许，饥饿的它四处寻找吃的，路过这个茅厕时，极度瘦弱轻飘的身子打了一个趔趄，跌下尿坑，淹死了。

我无法让它复活，我也不愿它就这样死去，死了还要泡在尿水里。我可怜的黑猫，我软绵绵的暖脚袋，与我同床而眠的兄弟，与我相互取暖的少年伙伴。

我流着眼泪，提着黑猫的尸体，来到杨柳簇拥的漾河长堤，用猪草刀挖了一个坑，仿照人的坟墓，将黑猫埋了并垒起一个小小坟茔，捡了一块长方形石块立了墓碑，用铅笔在碑上写了四个字：黑猫之墓。

当时我心里十分悲凉，于今想来，其实哪里有什么神秘，所谓神秘，只是真相被隐蔽带给我们的幻觉，真相一旦揭开，却是那么平淡和惨淡。无论人或生灵，都没有什么神秘的生，也没有神秘的死。生，不过是不停地挣扎和艰辛地找寻；死，无论死得荣耀或死得黯然，不过都是大致相同的破败的结局和凄凉的收场。我们一度以为神秘的猫的神秘的失踪，会是一个神秘的传说般的故事，原来仅仅是在一个茅厕里的一个趔趄、一声惨叫、一阵挣扎和一阵沉浮，很快无声无息。

几十年过去了，漾河数次改道，那杨柳长堤早已塌陷，黑猫之墓的小小墓碑，早已被时间的激流磨成粉末，汇入遥远的太平洋。

但是，一只黑猫仍在我梦中奔跑，夜深人静之时，它的身影从宇宙浓黑的远方游离出来，它固执地要返回它的夜晚，却再一次来到一个少年的夜晚，纯真的它与那纯真的少年再次相逢，他们同床而眠，互相取暖……

水边,那只白鹤

星期天,我到河边散步,随身带了一本《昆虫记》,法国昆虫学家法布尔的名作,被誉为"昆虫的史诗"。这部书共有 10 卷,我今天带的是其中写蜜蜂、土蜂的那本。现在是四月,庄稼拔节,杂花满地,油菜花开得正盛,金黄色的波浪铺张成海洋,远远看见两个小孩手挽手从阡陌走过,很快就被花海淹没了,我心里感叹:这是多么美好的失踪啊。走在植物之中,你不能不佩服植物的单纯和伟大,它们并没有用心策划,也不发什么宣言,只是简单地随了季节和阳光的感召,就让整个大地换了一个模样。这季节最幸福最忙碌的,当是蜜蜂们。它们纷飞于花海,吟唱于暖风,在空中开辟了无数通道,把春天的精华,运往它们的秘密工厂。

在蜜蜂们身边读关于蜜蜂的书,我想也许能读得更深入。虽然这是十九世纪一位法国人写的法国蜜蜂,但我想,蜜蜂没有国籍,时间也不能轻易改变蜜蜂们爱花的本性和酿蜜的技艺,所以我要在这个春天里证实:我看见的蜜蜂和法布尔看见的蜜蜂,是大同小异的，都是宇宙间最优秀的蜜蜂。

我坐在临近河湾的一片油菜地边，"检阅"了数千只蜜蜂以后，我翻开书，读到第五页，在描写蜜蜂将花粉装入胸前的"花篮"这一段的时候，我抬起头来，想锁定某只蜜蜂，看看它们的"花篮"是否已经盛满，看看它劳作时的表情，听听它对春天、对花的评价。然而，当我抬起头，我竟看到了前面，芦苇轻摇的河边，站着一只白鹤。它长久地俯首凝视着水面。它肯定早已看见我了，但它并不留意我，也不戒备我，它只是低着头，看着流得很慢的水。

我吩咐自己，就不打扰它了。白鹤是清高的生命，也是易受伤害的生命。我就与它保持距离。适度的距离，是自由的条件。与人打交道是如此，与自然打交道是如此，与鸟打交道肯定也是如此。

于是我又观察蜜蜂，公元2005年4月8日中国的蜜蜂，汉中的蜜蜂，土生土长的优秀蜜蜂。而《昆虫记》里，十九世纪法兰西的蜜蜂们，仍飞翔在法布尔满含着惊奇的目光里。优秀的花，优秀的蜜蜂，优秀的文字，我对大自然中优秀的一切，充满了感激和敬意。

大约过了两个小时，我抬起头来，竟看见那只白鹤仍一动不动地站在原来的位置，低头凝视着水面。它不会是在那里等待鱼虾从水中跃出，据我以往的观察，白鹤在一个地方寻找食物，顶多过二十分钟就要转移,灵性的鸟不犯"守株待兔"的错误。

那么它为什么要久立一处呢?

我不禁关切起它了。我合上书,离开旋绕在我身边的蜜蜂们,我绕着河湾轻轻靠近它,尽量不让它受到惊吓,在离它约五米的地方,我蹲下来,我想知道它在凝视什么。

我终于看见了,我也知道了。

它久久凝视着的,是自己投在水中的倒影。

它每过大约十分钟,就将嘴伸向水里,仿佛要把水中它的影子噙出水面,然而让它想不到的是:它却因此将那影子弄丢了,荡漾的水纹,竟是漂亮而阴险的坟墓。

它于是伤心地注视水面,慢慢地,水纹消散,水面复归平静,那被掩埋的影子又活过来,越来越逼真,而且再一次走近它。

于是,它又将嘴伸向水里,比以前更小心地,它要把水中的影子噙出。

直到黄昏,蜜蜂们纷纷归去,它们遵守着数万年来的作息纪律;夕阳靠近远山,就要从唐朝的那个豁口里落下去;河水此时变得色彩黏稠而且有点喧闹起来。油菜花和各种植物的香气混合着，黄昏似乎是香气最浓的时候，然而我顾不得也没心思认真呼吸，我心里牵挂着别的。

它，那只白鹤，也该归去了？

然而，它还站立在那里，低头凝视着水面。远山在落日的背影里锃亮了一阵，渐渐暗下去，原野、河流也跟着暗了下去。暮色里，它的影子的轮廓变得模糊了，慢慢地消融于庞大的夜色里，但我始终不忍靠近它。我怕惊扰了它，有时候，惊扰也是一种伤害。天黑了许久了，我也没有听见有翅膀飞动的声音。肯定，它还在那里站着，注视着黑暗的水面。

我十分不安地离开河湾。我的心很内疚，我竟不能为它提供一点小小的帮助，也没有语言能劝说它。我无法让它走出这忧伤的河流。

我仅仅记下日记一则，表达我对另一种生命的同情和尊敬：

我早就听说过天鹅交颈而死的故事，一对雌雄天鹅以这种决绝的方式殉了它们痛苦的爱情。鹤是水中仙子，对食物和婚恋也染了洁癖。对恋人从一而终，不是道德对它们的要求，而是天性使然。地上的大部分河流或污染或枯竭，但它们的情感依然保持着上古时代的清激和纯真。如果夫妻一方遭遇不幸，健在的一方也常常忧郁而死。

我今天就在河边目睹了令人伤怀的一幕。另一只可能已死于非命（饥饿而死、喝了污染的河水中毒而死或者被人用枪弹打死），这一只就来到它们往日生活过的河湾苦苦寻找，它看到水里走来了另一只，走来了它的爱人，于是它就反复地要将它噙出水面，它不知道那是它自己的倒影，它的虚幻的影子。它相信那是它的爱人，它相信它的爱人会走出水面。

唉，这世界就是如此让人留恋又令人忧伤，甚至让人揪心的痛，蜜蜂们仍在为忘恩负义的人类酿蜜，而同时，在一条污染的河流的岸边，一只白鹤正在孤独忧郁地死去，比起既贪婪又浅薄而且没有操守的一部分人类来，这白鹤是多么高贵和值得尊敬呢。然而它必须要死去吗？美的事物纯真的情感就必须要这样结尾吗？美必须要上演成悲剧才能让我们欣赏到悲剧美吗？

今天的大部分时间我是在蜜蜂们身边度过的，然而它们的蜜，无法消除我内心的苦涩。明天，我是否要到河边去看看？然而我不忍去看，那伤心的水面，除了日益增加的污物和病毒，怕是什么都没有了……

燕子筑窝

春天里，我家来了一对燕子，妈妈说，它们是夫妻，要在我家过日子，养孩子。

堂屋里的屋梁上，已有两个燕窝，住着两对燕子，它们是去年就住下的老夫妻了。一到春天，它们又从南方返回来了。我当时不太懂南方是什么意思，为什么非要跑那么远去南方。爹爹说，南方暖和，北方冷。燕子冬天去南方过冬，到春天又返回我们这里。

爹爹说，来我们家的燕子，无论新的老的，都是我们的亲戚，我们要爱惜。

新来的这对燕子，发现堂屋已有燕子居住，就在门外的屋檐下筑窝。

它们一趟趟从田野里衔来湿泥，泥里还带着一些枯叶和细碎草秸。爹爹说，泥里带点草秸，才容易黏合，修的房子才凝固得结实，娃娃你看，燕子没上过学没念过书，都这么聪明，你们学生娃可要好好学习哦。

它们的工程进行得很不容易。因为没有施工图，常常要返工。有时，好像是地基铺得太宽，不符合紧凑、安全和保暖原理，它们就收紧了地基的尺寸重新施工，原来的地基就作废了；有时，好像房屋的弧度过于弯曲，不够流畅，不方便出入，不利于通风，也不符合建筑美学，不利于以后新生儿的护理，它们就倒悬着或斜倚着身子，伏在建筑工地上，一口口地啄啊掰啊抹啊，就像我们伏在课桌上一笔一画修改作业。

连续好多天，燕子夫妻白天抓紧施工，晚上却不见了。它们晚上住哪里呢？

其实，堂屋的屋梁上，或我家的任何一间屋子，我们都是乐意接待它们过夜的。但是，燕子好像有自己的心事和处事的伦理，它们不愿打扰另外两对年长的燕子，也不愿意改变主人家的生活秩序。它们好像遵守着世代相传的道德禁忌：不能因为它们的到来，给春天添麻烦，给主人添麻烦。相反，它们要努力做到，因为它们的到来，春天欢喜，主人也欢喜。

那么，它们晚上住哪里呢？春天的夜里，天气还是很冷的。

那天黄昏，天下着小雨，它们衔完最后一趟泥，向我们亲热地打了几声招呼，又飞走了。我追着它们的身影，飞快地跑出去，跑向原野，我终于看见它们了。它们并肩依偎着歇在电线上，在冰凉的却汹涌着电流的电线上，在夜晚的寒风中，有时就在雨水里，它们紧挨着羽毛相互取暖，露天过夜。

吹拂着庄稼的夜风，旷野繁密的露珠和满天的星星，都见证了它们清贫的生活、高贵的品德和坚贞的爱情。

我急忙回到家里，在门前菜地里挖了些湿泥，准备搭起梯子，帮助燕子筑巢，让它们尽早住进新窝。

爹爹说：你娃真傻呀，燕子做的活你娃能做吗？鲁班能修宫殿，也修不了一个燕窝的。喜鹊窝只有喜鹊会修，蜂窝只有蜂儿会修，燕窝只有燕子会修。人家燕子筑窝，心里是揣着一张祖传的图纸的。你心里有那张图纸吗？

爹的话我信。爹会一些简单的木工，他知道心里有一张图纸是多么重要。

我觉得对不起燕子，在它们艰辛的时光，在这个泥泞的春天里，竟不能为它们帮一点忙，为春天帮一点忙。

亲眼看着一趟趟衔泥忙碌的燕子，看着燕窝一点点渐渐成形，我心里满含着敬佩、同情和惭愧，也满含着对这小小生灵的情感、智慧、技艺的猜想和崇拜。

它们的心里揣着怎样天长地久的心事？

它们那儒雅的燕尾服后面，揣着怎样的图纸？

对一只蝴蝶的关怀

初夏五月的一个上午，我去河边散步，看见河湾旁边一个小男孩和小女孩正在忙着什么，神情紧张专注，不时地小声商量着，好像面对着一件严重的事情。我轻轻走近他们，才看见他们正在营救那水面上盘旋挣扎的一只花蝴蝶。那蝴蝶也许翅膀受伤了，跌入水中又使翅膀过于沉重而无法飞行。小男孩用一枝柳条伸向水面，但柳条太短，小女孩又折了一枝柳条，解下自己的红头绳将两根柳条接起来，终于够着那只蝴蝶了，然而它仍然不配合孩子们，不知道赶快爬上这小小"生命线"。小女孩急忙摘下头上的蝴蝶形发卡，系在柳条的一端，让小男孩投向水面的蝴蝶附近，示意它：这是你的同伴来搭救你了，你不认识我们，你总该认识你的同伴吧。果然，弱小的蝴蝶蠕动了几下翅膀，缓缓地挨近这一只"蝴蝶"，缓缓地爬上这只"蝴蝶"结实的翅膀，小男孩慢慢地将柳条移向岸，它终于上岸了，两个孩子快乐得又说又笑。

我以为事情到此结束了，然而，两个孩子又商量着这只蝴蝶今后的生活，牵挂着它的命运。他们小心地把蝴蝶放在阳光下的草地上正开放着的一丛野蔷薇花上，让它一边晒太阳，一边汲花蜜，但仍觉得这种安排不到家。他们担心贪嘴的鸟啄吃了这需要安静疗养的可怜蝴蝶，就采了几片树叶搭起一个简易的绿色避难所，将蝴蝶护在里面。他们相信，待它安静休息一些时候，伤口愈合，体力恢复，它就能旋舞在春天的原野。

今天上午我本来是不准备出门的，想待在家里读书或写作，不知道什么原因我还是出门了。多亏我走出门，在书之外，我读到了春天最纯洁、最生动的情节；在我小小的文字、生硬的键盘之外，孩子们和那只蝴蝶、那片水湾，组合成真正满含温情和诗意的意象。在我的思路之外，孩子们的思路才真正通向春天深处，通向心灵深处。

在回家的路上，我想了许多，首先我觉得我的善心比孩子们淡漠得多也少得多，或许我更关心的是自己的生存、利益、脸面、尊严，而对其他生命和生灵的生存处境及他们所受到的伤害，并不是太关心，即使关心，也不是感同身受和倾力相助，即使关心了，也并非完全不求回报。总之，我觉得，仅就善良、纯洁这些人性中最美好的东西而言，我们不是与日俱增，而是与日俱减。人随着年龄的增长，阅世的加深，人性中的"水土流失"也会逐渐加剧，而流失的，恰恰是善良、纯洁这些人性的好水土，内心的河流渐渐变得混浊，泥沙俱下。细想来，这是多么可惜的事情。人性的好水土流失了，纯真情怀少了，实用理性多了，率真少了，算计多了，在这一多一少的增减过程里，人们的情感和心灵，就渐渐出现轻度或重度荒漠化了，由这样的荒漠化的人组成的社会，岂不是大沙漠？那时不时呼啸着扑面而来、飞沙走石、遮天蔽日的，莫不是人性的沙尘暴？

那两个可爱的孩子，他们是这个早晨的天使。他们对一只蝴蝶的同情，对事物的爱，是真正出自善良的天性和纯洁的内心。除了爱，他们没有别的动机，爱在爱中满足了。不求回报的爱，才是大爱、真爱。不求回报的爱，也许才会获得事物本身乃至整个大自然更丰厚的回报。

试想，孩子们在拯救一只受伤生灵的过程中，内心里洋溢着怎样纯洁的愿望和爱的激情，这种内心体验，本身就丰富了孩子们的情感世界，化作他们宝贵的精神资源和美好记忆。在培植美好事物的时候，内心的愉快是任何东西都无法带来的愉快，你给世界带去了一点希望，同时你的生命也被这点希望之光照亮。那只蝴蝶当然不会飞到这两个孩子家的花园里向他们点赞致意。但或许，整个原野和春天，都会从孩子们善良行为中受益，若干年后，甚至几百年几千年后，如果有某种险些灭绝而终于没有灭绝的花卉，它在一次神奇的转机中获得了再生，成为某个城市的市花，或成为某个国家的国花。也许这美丽的花，它的命运就与一只蝴蝶有关，与这只蝴蝶的一次及时传花授粉有关，与两个孩子有关，与若干年前，那个五月的早晨有关……

第四章

草木蔓发，春山可望

※

苔藓

苔藓。苔藓。苔藓……

忍不住轻轻喊了三声苔藓，一些古老的凉意，便从舌尖上生起，继而蔓延到口中、胸中、足底，最后，整个身心都浸润在一片古老而幽深的凉意中。

苔藓。苔藓。苔藓……

当我禁不住连续写这两个字的时候，我感觉到满纸都是碧绿和幽蓝，且漫向纸外，漫上桌子，漫上地板，漫上大街……

但我分明知道：除了"苔藓"这两个字是苔藓，是碧绿的、幽蓝的、古朴的、静美的，其他的一切，纸、墙、大街，都是失去苔藓再也不生长苔藓的工具、场所和建筑物。

苔藓是多么好的东西呀！苔藓是世界最原始的植物，是大地最初的颜色，或者说，苔藓是大地留下的它处女时代的纯真记忆。

我在森林里见过苔藓，满怀敬畏地从它身上轻轻踩过。下面是厚厚的腐殖土，留存着鸟声、落花和生灵们的故事。踩着柔软而潮湿的苔藓，我知道，我是踩在千年万载的时间上。

我在悬崖上见过苔藓。在那样陡峭的命运里，石头们站立着，使劲支撑着庞大的山体。多少世纪过去了，它们也不歇歇肩，改变一下姿势，这已经足够令人惊叹了！我能像一块石头那样站立两分钟吗？而它们却站立了两千年、两万年、两亿年！更让人惊讶的是它们一边负重站着，一边尽力挽留一丝一缕水土，营造和培育属于自己的绿色！那薄薄厚厚的苔藓，收藏着也分泌着天地间最珍贵的水分。谁不会为造化的艰辛和伟大而深深感动！大自然的每一笔都是杰作，即使最漫不经心的随意涂抹，也足以让我们心惊。

我在寺庙里见过苔藓。寺庙是尘世的净土，是修身养性的宁静憩园。修道者们苦苦寻觅的无非是人在大地上诗意栖居的生命方式。不管万丈红尘，我自守住心性，守住人与天、心与道最本源最深妙的血脉关联。当世俗文化随着人欲望的膨胀日益远离人与世界的真谛，求道者们以他们舍身求道的苦行精神维系了世界和人在根上的联系，也为反本溯源的后来者保留了一条条秘密幽径。入定、静观和冥思，就是古人悟道和修行的基本方式，也是中国文化最核心的内在超越之路。我每一次谒访寺庙，踩着那铺满苔藓的小径，就仿佛看见了僧人们宁静淡远的背影，习习秋风，犹回荡着诵经的声音；而飞檐上的月亮，莫非是他们留在天上的面容：似笑非笑，是不是他们久久冥思禅坐，忽然顿悟时绽放的喜悦而吉祥的神色？

我在《诗经》中，在陶渊明、谢灵运、李白、王维、苏轼的诗文中见过苔藓。"苔痕上阶绿，草色入帘青。""坐看苍苔色，欲上人衣来。"……读着这些诗句，我好像一步返回古代，返回到诗经时代的大自然，返回到那长满苔藓、车前草、三叶草、野百合的阡陌小径和古道！返回到那生长明月清风白云，孕育诗情画意哲思的田园和山水中！想想这样的情境：天上白云飘过，地上众鸟啼鸣，远处是葱茏无边的林莽，眼前是原野、小桥、流水、人家，一条铺着苔藓、摇曳着苇草和狗尾巴草的小径将远山近水和三五行人连接起来，将人与无边的自然连接起来。世界，是一首怎样浑然纯净的诗！

每一次诵读古文，读到苔藓幽径的句子，我就禁不住出神。它引我沿着诗中那条小径，走向时间的深处和更深处。

是的，大地上的苔藓越来越少了，也许只有在深山老林中尚存一些残余。到处是人的潮水、人的声浪、人的侵入、人的劫掠！城市在扩张，水泥在扩张，电子在扩张，废气和噪音在扩张，田园在萎缩，山水在日益脱去它天然的风骨和神韵。

在滚滚的人欲面前，古老的大地竟无力守住它最原初的记忆——那幽蓝纯朴的苔藓。

苔藓在我们的文化中、意识中、诗歌中消失了。电脑写作、电脑排版、电脑传递、电脑阅读。但是，把全世界的电脑集中起来，能构思和培育出一寸仅仅一寸鲜活的苔藓吗？

我们失去的仅仅是苔藓吗？不，我们失去的是这个世界最古老最朴素也最纯真的记忆。

在人撤退的地方，苔藓会温柔地去占领，然后就有碧绿的幽蓝的记忆渐渐复活和呈现。

是的，在自然面前，在永恒面前，人应该懂得敬畏，学会静默和倾听，甚至发自内心地谦卑。因为"我们唯一能获得的智慧是谦卑的智慧"。

苔藓是我们的老师。你看，它那样谦卑地倾听大地的心跳，不动声色地营造着一片又一片碧绿和幽蓝，守护古老而纯真的记忆。

苔藓。苔藓。苔藓……

| 树木的美感

在风中远处近处的树，都向我们打着友好的手势。

如果你仔细看，会发现树的手语真是太丰富了，我们内心的许多情感，即使我们自己也未必能找到妥帖表达的语言，而树，他会用微妙的手语帮助我们表达出来。

那用力的挥动，是表示拒绝吗？那轻轻一颤，又向怀里收去，是表示接纳吗？那很快地举起，又垂下来，停留在一个迟疑的角度，那是在痛苦地沉思吗？那么轻轻地摇着，一副怡然自得的样子，树也有物我两忘的时刻？

在正午时分。太阳、树、树的影子垂在一个浓缩的黑的瞬间，树的每一根手指，都全神贯注，仿佛要紧紧抓住这深不可测的一瞬。

树的语言是如此丰富，这丰富来自他多汁的内心，你不信吗？你见过树的年轮吗？那一圈一圈的，树一生都坚持写着内心日记，写着成长的经历。风雨，雷电，阳光的教诲，星光的暗示，月光的耳语，他都仔细聆听，然后收藏起来。

甚至那曾经使他痉挛和疼痛的伤痕，他也保存下来。你瞧，那棵树，在我们望他的时候，他也在注视我们，那伤痕成了他的眼睛，他用伤痕深沉地注视我们，树的姿态是这样的丰富，树，没有一种姿态是丑的，是不好看的。摇曳是美，静立是美，在雨骤风狂的时候，他的愤怒和悲哀，也有一种感人的美的力量。

你注意过月光下的树吗？你知道月光下的树布置了一种怎样的美丽、神秘的意境？

是午夜了，东张西望的星子们已有了睡意，月光悄悄走过来，她有些累了。她停靠在大槐树上那个喜鹊窝旁边，她看见了，这是多么简单温暖的窝啊！豪华的天空也未必有它温暖，有它美，月光也想躺在窝里孵出一只鹊儿，月儿真的躺进喜鹊窝了，可惜只有一会儿，就这么一小会儿，树的每一片叶子，每一滴露珠都帮助着月亮，成全着月亮，让她做圆这一小会儿的梦。你看，树一动不动，他静穆庄重得像一幅古典版画，贴在深蓝的天上，贴在月亮行走的路上。

与植物相处

　　不管如何，与人相处多了也会有烦的时候。即使孔夫子在世，天天接受他老人家的教导，恐怕有时候也想请假两天在家里闭门思过，享受独处的宁静。即使李白在月光下复活，与他三五天喝醉一次是可以的，甚至是"不亦快哉"的，但如果日日狂饮，夜夜醉倒，不仅诗写不出来，还会喝垮了身体。"圣人"和"诗仙"尚且如此，何况世上并非都是你喜欢和热爱的人，产生"烦"甚至更不好的情绪就难免了。

　　宠物大约就是由此"宠"起来的，人们养猫、养狗、养鸟，养一些可爱温驯的动物，动机之一恐怕就是想适度地拉开与"同类"的距离，而在与"异类"的相处中感受一种无忧的情趣。与这些动物相处，人可以回归一种简单的心境，不必戒备和算计，也不必有那么多的礼节，更不用点头哈腰献媚讨好。这一切都免了，动物不欣赏人类的文化，你只要喜欢它，它就给你回报：猫就偎在你的怀里，狗就向你撒娇，鸟就向你唱歌。在简单、纯洁的动物面前，人也变得简单、纯洁了，人就有了从容、宁静、无邪的心境，领略生命与生命交流的喜悦。

但是人能与之相处的动物的种类还是太少了，宠物是人精心选择和驯化了的。人不能和狼相处，麻雀好像压根儿不想与人类建立什么亲近的关系，它们只喜欢给人类制造一些小麻烦。人更无法与虎、豹等凶猛的动物相处，只能在动物园里隔着铁栅远远地欣赏它们的英姿。

这样，我们就格外思念大自然中的植物了。于是我来到植物们面前，它们是我的老师、医生和朋友。

这泛绿的青草可是从白居易的诗里生长出来？蒙蒙细雨里，我几步就走进了唐朝，隐约间仿佛看见了李商隐、王维们的背影，青草绿了他们的诗，绿了古中国的记忆。我看见了车前草，还是在《诗经》里那么优美地摇曳着。狗尾巴草，那么天真地守在路边，谁家的狗丢了尾巴？遍地好看的狗尾巴，令千年万载的孩子们想找到那一定很好看的狗。三叶草，三片叶子指着三个方向，哪一个方向都通向蝴蝶的翅膀。趁我伏在泉边喝水的时候，野百合悄悄地开了，洁白的手在风里打着手势，似乎谢绝与我相握，它嫌我的手太粗糙，嫌我的气息太浑浊？太阳花开了，这么灿烂的笑，我看见太阳的颜色了，我比天文学家看得清楚，我不用到天上去看，太阳的亲生女儿全都告诉我了。

茉莉、菊、栀子、玫瑰……轻轻地叫一声它们的名字，就感到灵魂里生出温柔、芬芳的气息。是的，许多植物的名字太美了，美得你不忍心大声呼叫它们。含着感情轻轻叫一声玉兰，那洁白如玉的花瓣会洒落你一身，你便感到这个春天的爱情又纯洁又慷慨。静静地守在昙花旁边，不要为天上的星月缭乱了视线，注视它吧，它漫长的一生里只有这一个灿烂的瞬间。竹子正直地生长着；芭蕉粗中有细，准确地捕捉了风的动静；仙人掌握着满把孤独，又用一手的刺拒绝轻薄的同情；一不留神，青苔就爬上了绝壁；野草莓想走遍夏天，却被一条蛮不讲理的溪水挡住了去路。我也被挡住了去路，于是就躺下来。一觉醒来，野草莓包围了我，多亏不远处松林里那五颜六色的蘑菇向我不停地递眼神，让我看见一条通向远方的幽径，否则，我怎么能走出这温柔而芬芳的围困？

有一小块自己的庄稼地多好啊！看一会儿书种一会儿庄稼，写一首诗侍弄一会儿花草。书里的思想抖落进泥土，会开出奇异的花；泥土的气息漫进诗，诗会有终年不散的充沛的春墒。看青翠挺拔的玉米怎样抱起自己心爱的娃娃，看聪明的辣椒怎样在寒冷的土里找到一把一把的火，看豆荚躺在小床上如何构思，看韭菜排列得那么整齐，像杜甫的五律……

与植物待在一起，人会变得诚实、善良、温柔并懂得知恩必报。世上没有虚伪的植物，没有邪恶的植物，没有懒惰的植物。植物开花不是为了炫耀自己，它是为自己开的，无意中把你的眼睛照亮了。植物终生都在工作，即使埋在土里，它也不会忘记自己的责任。你无意洒落一滴水，植物来年会回报你一朵花。没有谁告诉它生活的哲学，植物的哲学导师是深沉的土地。

| 少年的松林

我怀念那片松林。

我走进去，就看见了一丛丛蘑菇，露水停在上面，像谁忘记收回去的明亮的眼神。我简直不忍心采摘这些蘑菇，太美丽，太纯洁了，莫非这是松树开在地上的另一种花朵？这么好的花朵肯定有别的更高的目的，我怎么能摘取呢？我走进松林的时候，并没有得到松林的许可，是我自己闯进来的。这纯净、湿润、混合着腐殖土、野花、树木气息的空气，我已经无偿地大口大口呼吸了；这铺着松针和苔藓的柔软的地面，我已经踩踏了；这正直的树干、碧绿的针叶所呈现的伟岸和活力，我正在领略；溪水从草丛穿过，留几句叮咛又隐入林子深处；树枝间的鸟语，我听不懂一句，每一句都像是说给我的。松林啊，这么多这么多礼物，我都领取了，我都享用了，我还要采摘你开在地上的花朵吗？我凝望着那些天真纯洁的蘑菇，手，伸出又缩回，伸出又缩回。在美面前，我的手变得羞涩胆怯。在纯洁面前，我的心守住了纯洁。

我终于背着空背篓走出了松林。回头看,林子那么静,那么深,那么神秘,又那么空灵,它幽静的深处,藏着多少露水、花朵和鸟声,藏着林子外面很难找到的蓝色的梦境。我感到我的背篓并不是空的,盛着我一生中最纯洁的记忆。

多年以后,世上多少林子消失了,多少鸟儿匿迹了,但是再锋利的斧头,也无法砍伐我内心里的那片松林。它固守着我生命中的一部分水土,在最荒凉的季节,我也能听见多年前的鸟鸣,看见湿润的地面上,那美丽的蘑菇,露水停在上面,像谁忘记收回去的明亮的眼神……

｜ 丝瓜葫芦

　　张家和李家是邻居，一向很和睦，甚至可以说是很亲热，只因为一次原因不明的争吵，两家伤了和气，便再不来往。虽说不争不吵，但表面的平静中潜藏着一种紧张，一种戒备，甚至隐隐约约的敌意。

　　连两家的动物也不来往了。张家拴了自家的猫，再不让去捉李家的老鼠；李家训斥了自家的狗，再不为张家义务放哨。

　　只是，谁也管不了那些老鼠，造访了张家的柜子又来品尝李家的新米。还有那些苍蝇，访问了张家又访问李家，不管是吃饭的碗盛水的桶或房前屋后的垃圾，都是它们的自由口岸。自从两家有了隔膜，都成了不自由不随和不宽容的人了，他们总是互相提防着，戒备着。他们之间不仅没有了情感，而且没有了平常心，时时都处在临战状态，时时都想知道对方的秘密又时时严防自己的秘密被对方知道。

无知的植物只知生长，只崇拜露水、阳光和地气，谁的话它们都听不懂也不想听懂，它们只听老天爷的话。

张家的丝瓜藤越过院墙，进入了李家的院落。李家的葫芦蔓翻过院墙，进入了张家的院落。

一场雨后，无知的植物们已深入对方的纵深地带。

张家和李家，都可以制止自家的孩子、狗和猫不与对方往来，但都无法制止那些无知的植物随意走动。盛夏季节，天大热，厄尔尼诺效应控制着整个世界的气候，也左右着张家和李家的气候。在很热的季节里，他们的关系依旧很冷很紧张。

酷热难当的时候，他们就在绿荫下乘凉。

张家就躲在葫芦蔓下面乘凉，葫芦蔓是从李家那边伸过来的。李家就坐在丝瓜藤下面乘凉，丝瓜藤是从张家那边垂下来的。

张家的锅里炖着李家的葫芦；李家的碗里盛着张家的丝瓜。

他们仍然没有来往。那些无知的植物早已打通了他们之间的界限，并且已进入了对方的生活、对方的碗和身体。在盛夏，无知的植物们改变着他们的温度、湿度和梦境。他们的身体细胞里，都有对方提供的叶绿素、维生素和微量元素。

但是他们两家仍然不来往。

我忽然发现了植物的伟大。

在这个有些误解、纷争和仇恨的世界上，正是那些纯真的植物，维持了大地的和谐和生存的希望。

白菜的菩萨心

冬天，我从霜冻的菜地里，抱回一棵白菜。

揭开一片叶子，再揭开一片叶子，一片一片揭开许多片叶子。

打开一扇城门，再打开一扇城门，一扇一扇打开许多扇城门。

我不得不佩服植物的耐心和严谨，佩服白菜高超的建筑艺术，你看这一层一层砖石、一道一道城墙，布置得多么合理，修筑得多么精致。

严密的城防，拱卫着城市的精华部分——我正在接近城的中心。在那里，到底藏着什么贵重秘密呢？

谁都知道白菜心是好地方，我就要看见白菜的心了。

当打开最后一扇城门，果然，我有了惊异的发现。

我看见，在城中心，在那精巧宫殿里，只住着一个居民。

住着一个毛毛虫。

它小小的，胖胖的，憨憨的；它躺在温暖柔软的床上，正在睡觉；它睡得很香，贴近它，静静听，能听见它均匀的、细微的鼾声。

我竟然为自己的鲁莽闯入感到后悔和内疚了。

是我毁掉这城防，拆了这城门，闯进城中心，我是一个恶劣的闯入者、拆迁者。

睡梦里的毛毛虫被惊醒了，它翻过身，抬起头，惊慌地想出走，然而又无处可去。

它还能到哪里去呢？

它哭了，我看见了它的眼泪。

它的天堂坍塌了，梦醒了。

面对散落的菜叶，面对被我捣毁的城池，面对天堂的废墟，面对这凄凉无助的毛毛虫，我惭愧、内疚，我深深自责。

为了保护这毛毛虫，保护这小小生灵，白菜，你这慈悲的菩萨，在冰天雪地里，搜集着露水、地热、残阳和月光，精心修筑了城市，修建了一道道城墙，关闭了一扇扇城门，又在城中心建造了秘密宫殿，收留那天真无助的小生灵，让它在你温暖的呵护里，能度过严冬。

筑起那么多城墙，关严那么多城门，熬过那么多风霜，善良的白菜啊，只为了保护一个弱小毛毛虫。

面对着天堂的废墟，我，一个粗暴的闯入者，久久自责着，久久不能原谅自己。

在慈悲的白菜面前，我终于知道，我们这些闯入者、拆迁者，是多么粗暴，多么冷酷，多么不厚道，是多么不该啊……

｜ 芦苇，激动人心的大美

绿树拥岸、蜿蜒流淌的河是很美的，要说河的最美的地方，那肯定是芦苇荡。

对河流的审美并不需要多高的美学修养，河流有一种天生的打动人的美的力量。她闪烁的波光，她婉转的河岸，她或激越或温柔的流水的声音，她的周围和上空旋绕的鸟的身影，她的波光里明灭起落的星星的倒影、银河的倒影和云的倒影，从她身上弥漫而来的湿润清爽的空气……这一切，通过视觉、听觉、嗅觉和触觉全方位地感染你、渗透你、浸润你，河流很快就笼罩和充满了你，此时，你没有别的感觉，你只有一个感觉：河流真好，真爽，真美啊。

你不想再远离河流了，你就入迷地站在河风里，站在河的絮语里，你举目四望，河流太好看了，目光都不知该停放在哪个地方，因为每一个地方都是美景，都是亮点。

你该把目光投向哪里呢？你知道了"美不胜收"这个词的来历，要是古人不造这个词，面对河流，你也会在此时此刻造出这个词来的，不然，你会觉得对不起河流。

这时，你看见了河湾里那大片大片的芦苇荡。

那么浓郁热烈的绿，像旗帜招展在河流的身体上。微风吹来，苇浪就开始有节奏地起伏，那么绵软、优雅、节制，那么美好的动作。也许只有芦苇能做出这么美好的动作。风大起来了，苇浪起伏的弧度明显放大了，眼看要匍匐在地上，然而并没有完全伏下去，你也不愿意看见可爱的芦苇做出这么委屈的姿势。芦苇互相依托着、呼应着，只把柔韧的腰弯到有几分悲壮的程度，就又挺起来，然后随了风继续那哀而不伤、伏而不倒的动人舞蹈。

是的，水在流动，风在跑动，岸在移动，在变动不居的河流里，在变动不居的岁月里，芦苇不知听到了谁的暗示，不声不响地在低处做着准备，然后集结成浩荡的军队呼啦啦开出来，就在流动的河里，流动的时间里，流动的生活里，切割了这么一些安静的、绿色的岛屿，宣告美的征服和温柔的占领。让我们看到：许多东西在不停地变化、流逝，许多事物在无可挽回地快速远离我们，但是，仍然有一些东西没有变，仍然有一些可爱的事物停留了下来，并且远远近近地陪伴着我们。它们时时眺望着我们，也被我们时时眺望，比如：你正在凝视的那一片片芦苇，此时，它在接受你投去的目光。它那么安静，深邃，它似乎要把你清澈、深情的目光收藏起来，把你的美好年华收藏起来，若干年后，当你老眼昏花了，它再把它收藏的你青春的情怀，把它收藏的你早年的目光，都还给你，重新放进你的瞳仁。

到了秋天，苇花如弥漫的白雪，被覆盖的河滩成了起伏的雪原，走近它，你能听见大地深长、细微的呼吸，你能感受到一种只有从风浪和霜寒中一路走来才会有的那种深沉、忧郁而依然保持着纯真情操的成熟之美和内在之美。在苇花的雪浪里行走，你会重新发现你内心深处原来有一片柔软地带，此时它正在落雪，正在不断展开灵魂的空阔和洁白。

许多个秋夜，我来到苇花飘曳的河滩，月亮小心地、踮着脚轻轻从上空走过，生怕让这唯美、柔弱的梦受惊。月光落下来，一层层落在苇花上，天上的雪与地上的雪相遇了，尘世的梦与天国的梦汇合了，我目睹并参与了两个梦的交接仪式和会合过程，并荣幸地成为那超现实梦境中的一个细节。我在大地的一隅邂逅了天堂。

不止一次，我在秋日里看见过这样的情景：一对对情侣在苇花的白雪里走着走着，置身于大自然纯美的诗的意境，即使再没有诗意的人，这时候看过去，也有了几分空灵和超凡气息。我想，也许他们都是很普通的人，以后也将过着庸常甚至琐碎的日子，然而，这一刻，大自然的诗意使他们凡俗的岁月有了经典的记忆。雪白的苇花漫过他们初恋的时光，即使到老了，什么都忘记了，也许他们仍记得那雪白的苇花，以及那贴着苇花飞过的雪白的鹭鸟，还有头顶那雪白的云。这记忆的底色，将漂白时光里沉积的灰暗，在纷繁甚至浑浊的色彩里，他们一生里都将坚持对洁白的崇拜。当他们在尘世间走出去很远，停下来回望，总能望见过去的白雪，那是多么纯真的雪啊。

一株野百合开了

　　那天我在南山游荡，在一个长满艾蒿的坡地，我被一股浓郁的草木香气迷住了，我停下来，清空脑子，只让鼻子和肺专心工作。我闭着眼睛深呼吸了一会儿，像做了一个梦似的睁开眼，竟看见一束雪白的光灼灼地、然而又很温柔地在面前闪着，是一株野百合开了。刚才我来到这艾蒿地的时候，只看见它还是含着苞的，我被草木苦香所陶醉而忘情地闭目呼吸——就趁我走神的时候，它悄悄地完全地绽开了自己。这之前，我知道站在我面前、害羞地躲在艾草身旁的这株美好植物，是会开花的。但是我没有想到它这么快、这么奇妙地开了——趁我闭目呼吸的时候，它开放了自己。

　　你可想象我该是怎样地惊喜以至于狂喜，是那种透明的狂喜。心灵被纯粹的美、圣洁的事物打动，连心灵里那些皱褶的部位，藏着细小阴影的部位，都被这突然降临的神一样的光芒完全照亮了。我们这些成人，即便是善良的人，也早已被社会学、经济学、伦理学过于复杂地重塑，心，已经成为一团交叠的欲望或一种混浊的冲动的代称；而透明的心，更是我们日渐远离、终于如上古神话一样不知为何物的陌生的东西了。我们似乎懂事了，懂得了钱、官职、名声、市场、名牌服装等的无比重要，除此之外，那些与心灵有关的事物，比如美德、彩虹、上帝、屋顶上方专注地凝视着我们的那颗星星，旷野上一位散步的老人投给我们的那一瞥善意的眼神，等等，都是不重要的，因为这些东西都不能存入银行产生利息，或投进官场赚取暴利。我们是真正地成熟了，成熟的最可靠的标志是我们荒废了感动，却学会了盘算，而且成了一把快速演算的算盘。我听见一个市侩曾经认真地教导一群孩子：像我这样，每一根头发都想着"发"，每一个表情都知道向权力微笑，你们就快成熟了。啊，都成熟了，都懂事了，你指望浩浩荡荡的市侩的洪流，造出一个怎样的海？

多么可叹，我们慷慨地将心灵弃置于黑暗中，并生怕它跑出来干扰我们去赴魔鬼的筵席，所以我们在埋于暗处的心上再压上砖石覆上灰土让它长出毒菌，这样我们就心安理得地吃肉、喝酒、猜拳作乐了。在市侩安排的晚宴上，必须是没有灵魂的人，才能获得最大的快感。

多么可叹，谁还怀疑达尔文的进化理论没有道理？我们已经进化到不需要灵魂也能快乐生活的境界。我们只崇拜利益的灯盏，而抛弃了心灵的信仰之光；在池塘里我们争夺每一条鱼每一只虾，甚至想刨挖出池塘最深处、据说在地壳附近深埋的盘古老先生的化石，然后盗卖给和你一样贪婪的人。池塘就是我们全部的乌托邦，在池塘之外，我们失去了壮丽的精神的天河。

没有了星星，天空可以无限地黑下去，没有了灵魂呢？人会是个什么样子？

我想得似乎远了一点。总之，荒废了心，荒废了感动，我们失去了透明的情怀，我们不再或很少能够领略那种纯粹的、有着神圣感的幸福，那种为心灵显现的事物，我们看不见也看不懂了。

我就这么站在这株野百合面前，感动着，忏悔着。我感到我不配面对这么洁白、纯真的礼物。我的内心里有着很多的不洁和阴影。我真想把人类中的相当一部分都领到这株野百合面前，在清澈目光的注视里，想想自己，想想自己的灵魂。

真的，我感到惭愧，我感到不配。我什么也没有做，而它，野百合，却送给我奇迹般的礼物。我真正感到植物的伟大了，植物站在任何能够存活的地方，哪怕潮湿、光线不足，只要能与土地和天空发生联系，植物都会把绿色、把鲜美的花、把芬芳的果实拿出来，以这种美好的方式证明自己有一颗美好的灵魂。而我们，占有了多少阳光、雨水和历史的土壤啊，我们能拿出多少绿叶、花朵和思想的氧气呢？即使我们站在光线充足的地方，心里也常常充满黑暗；

即使我们的根须扎进本来还算肥沃的土里，我们也难得抽出青翠的枝条。贫瘠的灵魂使我们既辜负了自己，也辜负了岁月的期待。我们站在植物面前，太像一个阴影。

在我的惭愧之外，百合花却一直微笑着。

房前屋后药草香

我妈养了我们这一群孩子，艰苦不易，但都活了下来，直到现在都还算健康。这不得不想起小时候，那是人生发苗时节，若有个三长两短，随时会夭折的。没夭折，靠命大，命是说不大清的。佛教说修行要靠自己潜心证悟，也要靠诸般善缘的护持，才能渐入觉悟之境。护持，说得好。我想说的是，我们小时候的成长，一部分是多亏了房前屋后的诸般善缘——那些散发着药香的草木，护持了我们。

我家老屋房前是一大片菜园，为使下雨天屋檐水畅流，专辟了一条沟渠，从菜园蜿蜒穿过，有渠、有坎、有园，门前就有了田园的格局。沟渠两边，长满了各种草木，全是野生的，不知何时定居于此，估计与先人们同时吧，更有可能，远在三皇五帝之时，它们就在这里生长多年，谁住在这里，它们就是谁家的芳邻。草木众多，现在还记得的，有薄荷、灯芯草、野水芹、柴胡、前胡、麦冬、车前草、野菊花、指甲花、扫帚秧、薏米等等，还有五六株椿树，七八棵榆树，三棵桃树，一棵柿子树，几棵冬青树，另外还有一株木槿花树，两株花椒树，在中医里它们也是药木。一到谁有了头痛脑热、胃里泛酸、身上起疖子，出身于中医世家、懂点医道的我妈，就几步走进我们的中药铺子——我们家的菜园里，采些对症的，薄荷啊，柴胡啊，麦冬啊，熬成药汤，喝几次，小毛病就好了。

对了，屋后也有芳邻，我家屋子有个后门，后门外是一片竹林。竹林外边是我家宅地边缘，绕村而过的溪水正好从竹林边淙淙经过，好像流水也喜欢这片竹林，就放慢流速，想多在竹影里待一会儿，还哼唱着什么，调子很低，像在试唱，或回忆歌词，但嗓子终未嘹亮起来，歌词还未记起来，已走出竹林。溪水可能觉得对不起这片竹林和这户人家，流水有情，且是深情，水走在哪里就要留下些什么的，鱼儿、泥沙、水草、倒影，或一段民谣。这些，水该给我们的都给了，但是，这段多情的流水觉得这还不够情义，就特意在溪畔、竹下，留下了几样药草，鱼腥草、菖蒲、葛根、金银花、麦冬、灯芯草等等，有好几样，正好是房前菜园里没有的。这样房前屋后一互补，常见小毛病都有药可治、可防，我家真成了一个中药铺了。无论有病无病，每过一些时候，我妈都要熬上一锅药汤，让我们每人喝一大碗。我妈说，有病治病，无病防病，这药汤，有药性，也有营养，养人也护人，孩子们，喝吧。

春夏时节，我家周围的空气里弥漫着一阵阵药草的香味。记得那时日子很清苦，但也记得，那时夜晚睡觉几乎不做噩梦，总有某种神秘的气息潜入梦中，改变着梦的方向，梦一次次被黑暗绊倒，又爬起来，拐个弯，朝向黎明那边草木盈盈的原野奔跑。

当时，不觉得这些有什么特别，现在回想，明白了，我们其实是在草药的看护下度过了童年。那些本分厚道的草木，秉承着大地的深恩大德，环绕着我们的老屋，环绕着我们小小的岁月，用它们的苦口婆心，用它们绵长的呼吸，帮助和护持着我们。人的生命里肯定是有年轮的，我若能解剖和考察我的年轮，一定会看见细密纹路里珍藏的那些多情草木的身影，还会闻到封存完好、永世不绝的药香。

第五章

有趣的人生，
一半是山河湖海

❋

小时候的河对岸

沿小河行走，隔上一二里或三五里，就有一座小桥，有时是石桥，有时是木桥。有一种柳木桥，最有野趣和生趣，两三根柳木并排搁在岸上，两头用土和石头固定住，人马牛就可以在上面行走。那柳木默默负载着各种压力，引起偶尔路过的那些多愁善感的人对它的同情：一棵忠厚文弱的柳，作古了，躺下了，还不得安生，还那么累。但是，没想到，在来年春天，那木头竟活了过来，发芽了，抽枝了，那青绿的枝叶拍打着河水，撩拨起雪白的浪花，好像在和流水嬉闹。这时候，心思多的人就看见了一棵树的前世和来生，会想起一些更深更远的心思。

小时候，我过得最多也最喜欢过的就是这种柳木桥。我老家村庄边有一条清浅的小河，叫漾河，在流经我们村附近不到五里地之内，就有好几座柳木桥。那时，我放了学做完作业，经常约上小伙伴到河边去找猪草。我们大呼小叫着跑到对岸，引起村庄里的狗们一阵惊慌和抗议，凶一些的还扑到跟前阻拦我们，见我们都是些比它们大不了多少的小东西，汪汪一会儿也就退回去了；草滩上吃草的羊，抬起头来疑惑地打量我们，互相交头接耳咩咩议论几句，然后又低下头放心吃草；正在拉犁的牛停了下来，跟在牛后面扶犁的大叔将手中的鞭梢轻轻扫拂着牛背上的蚊蝇，却并没有催赶牛卖力的意思，他是在抚慰牛，于是，拉犁的牛和扶犁的乡亲都在我们到来的这一刻有了休息的理由；那些在庄稼地里埋头忙活的老乡，见我们来了，就停下手中的活儿，杵着锄把注视我们一阵，有的从自家屋里走出来，对着我们笑一笑，或戏谑地说一声：嘻，这些娃，河对岸的娃，好野。我们的到来似乎给这里的人们和生灵们带来了一阵意外的惊喜，我们也从人们和生灵们对我们的反应和动静，隐约意识到我们正在和另一处人间发生着关系，虽然我们很小很小，但我们也在给别人的生活制造动静，甚至有可能为这里的人们和生灵们增添些记忆。当然，我们的到来，也给这边的田野和生活造成了损失——我们的猪草刀剐走了这里可爱的野草野花，减少了这里的春色和夏景，也使这里的猪少了一些可口的食物。我们的心里有点过意不去。但是，我心里又一想，这里的孩子们不也踩着柳木桥经常三五成群跑到我们那里去采猪草，捉蝉儿吗？一来一往，彼此彼此，看来，两岸的春色和夏景，并没有因孩子们不安分的往返而打了折扣受到影响。

后来我长大一些了，成了一个多情的少年，有了自己的心事和忧愁，常常一个人来到河边，并不为做什么，就从那柳木桥上走过去又走过来。有几次，我过桥到对岸的柳林里，静静听一阵鸟叫，然后又从桥上返回来，钻进我们这岸的柳林里，比较两岸的鸟声，谁的更好听，谁的歌声能让心尖儿发颤。听多了，才发现，其实它们中同一种鸟儿的歌声是相似的，表达着似乎相近的感情，它们飞来飞去，在互相交换着快乐，也交换着忧伤。也许，两岸的鸟儿，有不少是有着血缘关系的亲戚，或是有着世代交情的朋友，它们在同一条河流，在时光的两岸，过着各自的生活，却体会着世间的鸟儿都会遭遇的喜悦和忧伤。有一次，我在河对岸的一片麻柳树林里，看见了几只喜鹊在叽叽喳喳说话拉家常，其中两只很眼熟，仔细一看，原来是我家门前那棵高大榆树上喜鹊窝里的那一对喜鹊夫妻，它们飞到这里来，可能是看望它们早已分开生活的兄妹们或儿女们吧。我忽然想起，我的姨姨和二姑姑家，就分别住在离我家一二十里的河这岸另外两个村庄，过年时，我还随父母兄弟去给他们拜年，他们也到我们家送来年礼和祝福。就像我们经常走亲戚，亲人间互相传递着生活的情义，分担着卑微的悲喜，抚慰着彼此的心。这些鸟儿，很可能也经常走亲戚。这不，你听，此时，那几只喜鹊交谈得多么亲热，当然，嗓音不时也有点哽咽，那一定是说到难过的事情了吧。

再后来，我离开了故乡，离开了小河，但我忘不了那条给了我最初的快乐、美感和思念的故乡的河流，她是我真正的母亲河，是我心灵的乳娘。在我的心里，她是我一生里不可替代的情思之源，是启迪我美感觉醒和诗意情怀的美学老师。

如今，在没有小桥流水的城市，在没有波光倒影的日子，我们的生命内部，也似乎拆迁了小桥流水，我们的内心里也没有了波光倒影。记忆的原野被生存的狂暴车轮反复辗轧，情感的河床被欲望、金钱、水泥和钢铁深度覆盖和重新组装。我忧郁，我焦虑，我空虚，我饥渴。我对故乡那条小河的思念是越来越强烈了。每当夜深人静，午夜梦回，我寂坐于幽暗深处，却并不打开那没有泪腺的电灯，而是把记忆的探头伸进浮尘滚滚的内心。终于，我听见我心里柔软的地方，有水声荡漾过来，继而波光明灭，柳丝摇曳，鸟影往返——我知道，这是故乡的小河，她连夜赶来救援我，她一直在我的身体里潜隐、蜿蜒，在我的血脉里低语、叮咛……

| 看云

对面山上起云了。一会儿，头顶就飘满好看的云。

刚才只几片棉絮儿，不知是从天上落下的，还是地上生起的。我又想起外婆的纺车。外婆已死去多年了，当时我还小，不知死是怎么回事，只觉得外婆怕是再也不摇纺车了。妈妈说：外婆走了，到天上去了，到天上她还要纺线织布的。我问妈妈：她怎么不把纺车带到天上去，没有纺车，哪能纺线？妈妈说：在天上不用纺车纺线，用风纺。我问：用风纺什么？妈妈回答：纺云。

开始我半信半疑，最后还是信了妈妈说的。外婆总有个去处吧。外婆的魂灵上天了，变成风，风催雨，风纺云，风擦拭天上的星星和地上的石头，风摇动树木抚摸花朵，到夜晚，风轻拍窗纸轻摇门环，那一定是外婆想走进屋子看我们的梦做得香不香，睡相好不好。风无处不在，外婆无处不在。那时候，我感到，外婆好像真的没走，走了一个外婆，回来了很多个外婆。

想外婆的时候，我就看云，云是外婆在天上纺的布、织的衣裳。看见云，我就看见了外婆，她仍在为我们纺织。

我有点纳闷：外婆为什么不把她织的衣裳穿在我身上呢，总是织在天上又丢在天上？

妈妈说：外婆在天上做出衣裳的式样，让妈妈照式样给孩子们做。

果然，妈妈做出的衣裳都像云那么好看，那么柔软，那都是照着天上的式样做的啊。

后来，听人说云不是谁纺的。云是水蒸气凝聚在天上。

我很悲痛。这下外婆是真死了。外婆已经死了，外婆没有到天上纺云织布缝衣裳，外婆早已死了。

外婆死的时候，我也没这么悲痛，我相信外婆到天上纺云去了。外婆死去多年之后，我才知道外婆死了，我才这么悲痛。天上的云不是外婆纺的，天上的云是水蒸气凝聚的。

我不愿意外婆死。我就想，就算云是水蒸气，水蒸气是从地上蒸发到天上去的。外婆不就埋在地上吗？水蒸气一定也是从外婆身上蒸发到天上去的。

我好像看见从外婆的头发上，从外婆的睫毛上眼睛里，从外婆微笑时那两个好看的酒窝里，从外婆那被纺车磨出老茧的温暖的手里，从外婆的胸膛里，从外婆的口音里，蒸发出温润的气流，变成满天的云。

云，是外婆在天上的呼吸，是外婆在天上的微笑。外婆，她仍在天上照料我们，照料大地上的气候。

下雨了，外婆又从天上返回地上，返回河流，返回水井，返回地层，返回到屋檐和草叶，返回到我们激动的手掌。

又起云了。微温的气流缓缓蒸腾。外婆慢慢地升到天上。我又看见了好看的云，好看的衣裳，那都是外婆织的。我又看见了外婆的手艺。

大气在循环。爱在循环。

抬头低头都是水，天上人间都是云，都是我的外婆。

我仍然相信妈妈当年说的话。

我仍然看云……

瀑布

赞美瀑布的诗文太多太多了。打开唐诗宋词，便有瀑布之声从时间深处传来，打湿我干涸的思念。

真该感谢瀑布：它滋润了诗人的情怀，洗涤了画家的心胸，浇灌了一代代赤子的创造激情！

每一次我来到瀑布面前，或远远地看见瀑布的身影，我总是激动不已，欲狂欲歌！

它来了，它从命运的高处来了！它兴冲冲地来了！如儿童追逐一只彩蝶，如少年捕捉一个幻影，如青年赶赴一次约会；它来了，它跑着笑着唱着舞着，它越跑越快，越笑越开心，越唱越激动，越舞越狂热！

它来不及选择，便从高高的悬崖跌入深深的峡谷！

我没有听见它的叹息，更没有听见它的哭声，我听见的是海潮，海潮，海潮，依旧是海潮。

我听见纯真的笑，迷狂的笑，灿烂的笑。

我听见十万群山一片笑的和声。

瀑布碎了，水复活了，水沸腾了，雪浪，雪浪，雪浪……

瀑布来了，又来了，它每一刻都在壮丽地死去，每一刻都在庄严地新生。不停降临的瀑布，分娩着层出不穷的雪浪。

不间断地受难，不间断地死去，不间断地涅槃，不间断地体验着生与死的大喜悦！

高潮陷落在深渊，深渊里涌动滔滔不息的高潮！

瀑布的一生，是高潮迭起的一生！

柔弱的水，女性的水，阴郁的水，在悬崖上，在忘情奔流的途中，写着大智大勇大起大落的传记！

我有水的气魄吗？如果我追寻的真理隐藏在寂寞阴冷的深谷，我敢拒绝头顶云霞的诱惑，毅然从悬崖上跳下，去殉我的道吗？

我有水的意志吗？不舍昼夜，不拒涓细，心系一处，情注一方，以坚韧得近乎愚蠢的耐心，以百年千载为一个工时，把顽石打磨成细细的沙粒！

我有水的纯洁吗？不管地壳裂变，阴阳错乱，候鸟变换着格言，云雾修改着脸谱，水的女儿，不改冰清玉洁的品性，升天入地，依旧是晶莹明洁的赤子心。纵使在绝望的命运里跌碎了，也是明亮的碎片，干净的颗粒。

我有水的忠诚吗？天真地活着，坚贞地爱着。不羡慕南面的金山，东面的银山，西面的铜山，爱上了这北山，就千年万载厮守着它的清寒、孤独和庄严。当金山垮了，银山倒了，铜山裂了，它依旧唱着对北山的初恋。北山寒冷而高峻，北山的峰顶有古老的积雪，那是爱的源头，高洁的爱总是在人迹罕至的地方发源……

瀑布，以经典的方式，把水的品质大写在天地之间。

读瀑，我读到了我的浑浊、平庸和贫弱。我的生命早已熄灭了激情，仅有的只是死水和微澜。

在瀑布的大生大死面前，我知道我只是个苟活者；在瀑布的大激情面前，我顿悟我往日的那些自以为很壮烈的情感，只不过是池塘里泛起的泡沫；在瀑布的大手笔面前，我发现我写的那些文字，包括"大师"们制造的那些所谓"经典"，多半是燥热、昏蒙的诳语，耐不住寂寞的蛙们的妄言。

终生囚禁在悬崖上，终生是自由的歌者。

时时刻刻在死去，时时刻刻在诞生。

我想做一次瀑布，从高高的悬崖，向深深的命运，纵身一跃……

钟乳石

水滴千年，钟乳石才能长高一厘米。孩子，你知道吗？

在谁也不知道的深山更深处，在古老的溶洞，在幽暗的白昼，在孤寂、潮湿的夜晚，在星子们无言话别的黎明，有一双泪眼，诉说着，依旧诉说着，来自地层深处的渴望。

别打碎了它，孩子，这不是石头，这是一双看不见的眼睛，用亘古的泪水，塑造的一尊浑身是伤的神。

为浇灌这小小的神，那双看不见的眼睛，至少已经流了一万三千年泪水了。

小心捧起它，孩子，最好放回原处，让它在泪光里继续生长。

孩子，你问这熬过万古寂寞才长成的石头究竟有什么用呢？是的，有什么用呢？我真无法回答你的疑问。

孩子，你也许不大可能懂得，世间有某些东西，必须熬过等待的长夜，甚至这长夜长到没有尽头，在没有尽头的长夜里，让内心的激情化作信仰，不为什么，只为那信仰活着，最后，它把自己活成了信仰。

当然，我仍然没有说清什么。

你依旧在问：究竟有什么用呢？

我只能这样说：它至少让我们懂得了，纯真的挚爱，能创造奇迹，连眼泪都变成一种珍贵的营养，浇灌出人世间稀有的形象。

你依旧在问：究竟有什么用呢？

我感到我已无法回答这个问题。

但是，孩子，当你这样发问的时候，内心是否已经被它深深触动？

对了，那触动我们的是什么呢？是那深邃的目光，虽然我们看不见那眼睛，但那眼睛分明在很深的地方注视着，在漫长的时间长夜里，它注视着它所挚爱的，它注视着它的注视，它用目光和泪水浇灌它的神。直到此刻，我们终于看见了，看见一种信仰可以改变石头，可以让流逝的时间停下来，长成一尊神的雕像。

你似乎懂得一点什么了。我看见你目光里开始有了沉思和宁静。

你又问，当所有的溶洞都被打开，所有的钟乳石都被搬进广场去展览、出售和暴晒，当所有的眼睛都只注视当下的财富、眼前的桂冠、快速的成功，只注视市场占有率、股票升值率、博客点击率，而不再有天长地久的挚爱和忧伤，并且永远不再为心灵和信仰去凝视或流泪：什么千年万年的泪？什么天长地久的等待？三秒钟哭泣都会影响生存效率，三秒钟的泪水都是浪费和奢侈。

那么，钟乳石，这种珍贵的石头还会生长吗？

孩子，这可真是一个问题。很可能再不会生长这样的石头了。

所以，孩子，千万别失手，一失手，千万年的泪水，浇铸的这颗小小的素心，这尊可敬的神，就会碎裂。

小心捧起它，孩子，最好放回原处，让它在泪光里继续生长。

……

｜ 星空

在旷野，在寂寞的山地，多是在没有月亮的夜晚，我经常独自一人长久地仰望星空，被那无限的神秘、苍茫和辽远深深震撼着，思绪被引领到无思、无言之境，只剩下对无涯时空的敬畏，灵魂澄澈而浩瀚，似乎包容宇宙又被宇宙包容，我化入万物和星空。这时候，我常常泪流满面。

银河，那世世代代流过众生头顶的大河，那启动哲人灵思、灌注诗人情怀的神的大河，竟是由若干亿颗恒星汇成的光的大河。空间的波浪，时间的旋涡，物质的泡沫，奔涌不息，生灭不止，演绎着无比丰富深奥的神学或哲学命题。小小地球，是这长河的一滴水或一滴泪？小小人间，是这天书的一个惊险或传奇的细节？银河绕着银核自转，同时又绕着更大的星系旋转，每一秒钟都在改变着它在宇宙中的方位，也就是说，银河在宇宙的莽原上不停地奔流，在奔流中开辟自己的河床。

如果宇宙中有一双纵览八荒的神眼，它会发现整个宇宙都在奔腾着，一条奔腾着的巨大长河。作为一滴水，地球也随着它的母亲河——银河，奔腾着，星群追赶着星群，雪浪簇拥着雪浪。一个奔腾着的宇宙景象，该是何等宏伟悲壮。而我的同类或异类的芸芸众生，这些寄存在一滴水上的奇妙生物，真是既抽象又具象、既卑微又伟大啊——我们和地球这滴水，和宇宙的大河一起奔流着、奔流着。我们存在着，或许只是一个微乎其微的细节，除了我们自己在乎自己，宇宙根本不知道我们的存在。我们却以自己小小的形式，浓缩着宇宙的命运和奥秘。我们，在奔流中呈现了自己，也揭示着宇宙。

古代哲人说："宇宙便是吾心，吾心即是宇宙。""天地与我并生，而万物与我为一。"大哉斯言！从有宇宙的那一刻就有我了，大爆炸的那个瞬间就确定了我血的颜色，构成我身心的每一种元素都曾经和宇宙万物一起生灭轮回，经历了亿兆年的沧桑，这些元素终于结晶成小小的我，我，实在是浓缩了宇宙奥秘的晶体，一座供奉时间神灵的小小庙宇。生命的化育看似容易，实则是难中之难的事情，区区几十年，却必须以几百亿年的宇宙演化史作为背景和条件。那么也可以说，造就任何一个生命——无论拿破仑、一只麻雀、蜻蜓或一条狗，都是亿万年才能完成的大工程。明白了"天地与我并生，而万物与我为一"，就在更高的哲学和宇宙学的意义上理解了生也彻悟了死，达到"生不忧、死不惧"的通达境界：我生，我来了，携着亘古的奥秘，我向宇宙的大块呈现我自己；我死，我走了，我回归我的起源，以简单的元素形态汇入时间的洪流，继续参与宇宙的演化，在另一个时间的另一片空间，我仍会有重新出场的时刻。"俯仰终宇宙，不乐复何如。"陶渊明先生如是说。我有点明白庄子的境界了，他妻子死了，他鼓盆而歌，这不是庄子寡情，这恰是哲人对生死彻悟之后的静穆与通脱：生是节日，死也是节日；生，以鲜花欢迎，死，以鼓声欢送。离开了人间，他并没有离开宇宙，聚则为形，散则为气，他去了，化作空气、水、泥土，他会在我们不知晓的时空里，重新获得他的命运。

天文学家说：万物都是以光速呈现的，宇宙就是一个巨大的光速现象。我们眼中的宇宙万象，是无尽的光的序列，也是无尽的时间序列。星夜极目眺望，你看见的星光星河，都是穿越多少光年而来？一千光年？十万光年？一百亿光年？它们来自远方，来自宇宙深处。"有朋自远方来，不亦乐乎？"一瞬间，你与无数客人相遇，这么多光簇拥着你、抚摸着你、雕塑着你，你是静立于光之海洋的婴孩。全宇宙的光都归你享用了，全宇宙的时间都汇聚于你——你是多么奇妙的宇宙片段。而你不也是一束光吗？你也以光速向宇宙呈现你的影像，当你到达宇宙深处的一双巨眼，需要多少光年？一千光年？十万光年？一百亿光年？当那双巨眼看见你的时候，你或许早已是远古的传说了——你早已走了，到宇宙的另一间房子里去了。我们在和宇宙万物捉迷藏，我们出现，我们隐藏。死是什么？不就是藏起来吗？过一会儿，我们又出现在星光月光里，或许我变成一只鸟、一棵树、一朵花？或许我变成一缕电波，在广袤宇宙旅行，叩问彼岸世界无穷的门，结识我无处不在的知音？

"无限空间的永恒沉默使我恐惧！"法国哲人帕斯卡如此感叹。如此浩大的宇宙，却是一个不说话的哑巴，细想来，这是一件多么可怕的事情。大象无形，大音希声，或许，宇宙就是一声旷古浩叹？那么今夜，我就安静下来吧，静听无声中的大声，静听宇宙古庙里群星敲响的钟声。静到极处，我就会听见，宇宙就是一个声音的海洋，我也是它的一个小小音节。融入它，消失于它声音的洪流里，这时候，我听见，宇宙是一个伟大的气场，它在深呼吸，它永远在深呼吸，浩然之气充塞虚无，弥漫亘古。而我活着的最高境界，是感应这精微而浩大的存在，呼吸它，赞美它，直到融入它。

伟大的智者爱因斯坦说，个人的生活给他的感觉好像监狱一样，他要求把宇宙作为单一的有意义的整体来体验。由此，这位智者对一切以人格化的神灵作为信仰对象的宗教均持怀疑态度，而他认为唯一可以信仰的宗教是"宇宙宗教"。在他看来，宇宙就是一位奥秘无穷的大神，它那宏伟的结构、浑然的秩序、无限的涵纳，就是超越任何心智的智慧大典，是元素的交响乐，是时间的史诗。面对它，人类的一切狂妄、欺诈、贪婪、猥琐，都显得何等可笑；面对它，任何一个有正常心智的人，都会得到净化、提升，心灵变得宏阔、高远、澄明起来。宇宙是一个伟大的教堂，生命就是宇宙的信徒，而所有的语言都是献给宇宙的祈祷文和赞美诗。

最新的天文学观点（并得到天文观测的证实）认为，宇宙始于数百亿年前的一次大爆炸，从那一刻有了时间、空间，有了元素和生命的最初信号。如今宇宙仍在延伸着，它隆隆的爆炸声仍响彻遥远的边疆，在虚无中，它仍在拓展疆土，这伟大的史诗，仍是一部未完成的草稿。

我确信，人类的完善和真正的解放，取决于人类对于自己所置身其中的宇宙以及自身历史和命运的深刻理解，并由此获得并非源于迷信而是得自觉悟的宇宙宗教感，心智由此变得通达、澄明、仁慈和谦卑，对万物和自身有一种发自肺腑的敬畏感、亲和感。"与天地参，与天地合，与天地化。"在开放的时空视野和宇宙意识的笼罩下，俯仰万物，反观自身，我们就会多一些爱和自由。当古老的宗教教义和偶像有许多已经被弃置，人类持续数千年的精神法则和内心生活已被技术主义、消费主义所瓦解，人类莫非只剩下一种"宗教"：金钱拜物教？蔑视信仰就是否定心灵，否定了心灵，人类还剩下什么？最终是否定了生存的意义。我相信，爱因斯坦的"宇宙宗教"将会成为人类新的精神资源。我们不可能在精神的荒原上建立起人的天堂。人是宇宙中的人。人应该找到通向宇宙的内在通道。只有内宇宙和外宇宙的和谐融合，人才能拥有一个完整意义的宇宙。

也许，一边劳动，一边在星空下歌唱，就是一种诗意栖居，就是人的生活，也是充满神性的生活。

｜ 雪界

一夜大雪重新创造了天地万物。世界变成了一座洁白的宫殿。乌鸦是白色的，狗是白色的，乌黑的煤也变成白色的。坟墓也变成白色的，那隆起的一堆不再让人感到苍凉，倒是显得美丽而别具深意，那宁静的弧线，那微微仰起的姿势，让人感到土地有一种随时站起来的欲望。不断降临和加厚的积雪，使它远远看上去像一只盘卧的鸟，它正在梳理和壮大自己白色的翅膀，它随时会向某个神秘的方向飞去。

雪落在地上，落在石头上，落在树枝上，落在屋顶上，雪落在一切期待着的地方。雪在照料干燥的大地和我们干燥的生活。雪落遍了我们的视野。最后，雪落在雪上，雪仍在落，雪被它自己的白感动着陶醉着，雪落在自己的怀里，雪躺在自己的怀里睡着了。

走在雪里，我们不再说话，雪纷扬着天上的语言，传述着远古的语言。天上的雪也是地上的雪，天上地上已经没有了界限，我们是地上的人也是天上的神。唐朝的雪至今没有化，也永远都不会化，最厚的积雪在诗歌里保存着。落在手心里的雪化了，这使我想起了那世世代代流逝的爱情。真想到云端去看一看，这六角形的花是怎样被严寒催开的？它绽开的那一瞬是怎样的神态？它坠落的过程是垂直的还是倾斜的？从那么陡那么高的天空走下来，它晕眩吗？她恐惧吗？由水变成雾，由雾开成花，这死去活来的过程，这感人的奇迹！柔弱而伟大的精灵，走过漫漫天路，又来到滚滚红尘。落在我睫毛上的这一朵和另一朵以及许多，你们的前生是我的泪水吗？你们找到了我的眼睛，你们想返回我的眼睛。你们化了，变成了我的泪水，仍是我的泪水。除了诞生，没有什么曾经死去。精卫的海仍在为我们酿造盐，杯子里仍是李白的酒李白的月亮。河流一如既往地推动着古老的石头，在任何一个石头上都能找到和我们一样的手纹，去年或很早以前，收藏了你身影的那泓井水，又收藏了我的身影。抬起头来，每一朵雪都在向我空投你的消息，你在远方旷野上塑造的那个无名无姓的雪人，正是来世的我……我不敢望雪了，我望见的都是无家可归的纯洁灵魂。我闭起眼睛，坐在雪上，静静地听雪，静静地听我自己，雪围着我飘落，雪抬着我上升，我变成雪了，除了雪，再没有别的什么，宇宙变成了一朵白雪……

　　唯一不需要上帝的日子，是下雪的日子。天地是一座白色的教堂，白色供奉着白色，白色礼赞着白色。可以不需要拯救者，白色解放了所有沉沦的颜色。也不需要启示者，白色已启示和解答了一切，白色的语言叙述着心灵最庄严的感动。最高的山顶一律举着明亮的蜡烛，我隐隐看到山顶的远方还有更高的山顶，更高的山顶仍是雪，仍是我们攀缘不尽的伟大雪峰。没有上帝的日子，我看到了更多上帝的迹象。精神的眼睛看见的所有远方，都是神性的远方，它等待我们抵达，当我们抵达，才真正发现我们自己，于是我们再一次出发。

唯一不需要爱情的日子，是下雪的日子。有这么多白色的纱巾在向你飘，你不知道该珍藏哪一朵凌空而来的祝福。那么空灵的手势，那么柔软的语言，那么纯真的承诺。不顾天高路远飞来的爱，这使我想起古往今来那些水做的女儿，全都是为了爱，从冥冥中走来又往冥冥中归去。它们来了，把低矮的茅屋改造成朴素的天堂，冷风嗖嗖的峡谷被柔情填满，变成宁静的走廊。它们走了，它们运行在海上，在波浪里叫着我们的名字和村庄的名字，它们漫游在云中，在高高的天空照看着我们的生活，它们是我们的大气层、雨水和雪。

唯一不需要写诗的日子，是下雪的日子。空中飘着的、地上铺展的全是纯粹的诗。树木的笔寂然举着，它想写诗，却被诗感动得不知诗为何物。于是静静站在雪里，站在诗里，好像在说：笔是多余的，在宇宙的纯诗面前，没有诗人，只有读诗的人；也没有读诗的人，只有诗；其实也没有诗，只有雪，只有无边无际的宁静，无边无际的纯真……

凝视一朵野花

在这荒远的山野，在这呈 45° 的斜坡，一朵花，静静地开了。

我发现你时，你正在绽开，像一位幽居的诗人，向唯一的读者，慢慢打开珍藏的手稿。

我看见的，竟是如此精美的情思。

如果我不看见你，我怎么能想象，一棵朴素的草身上，存放着如此动人的灵魂。

可惜你不说话。如果你能向我说出你内心的秘密，我就不必在毫无美感的大学里研究什么美学，你已经向我透露了最古老的美学原理。

虹的构造、美德的构造、爱的构造，心的构造，都能在你这里找到原型。

甚至一个星系的构造，都遵循了你单纯而深奥的美学。

那么天真、纯洁、诚恳，思无邪，你是一首完美的纯诗。

一缕淡淡的香漫进我的身体。

可惜我不能与你交换相似的体香。此时，我忽然觉得自己十分污秽。

令我略觉欣慰的是，在你的纯真面前，我发现了我的浑浊，并为此深感惭愧。

这说明我正在把一朵花的灵魂，悄悄移植进我的体内，以改变我的身心结构里灵与肉的比例，改变美学与社会学的比例，改变神圣与庸俗的比例，从而使我的品质稍稍高出尘世，不辜负造物派遣我来人世走一趟的苦心和构思。

就这样，一朵不知名的野花，正在从内部修改我。使我能以比较优秀、至少不太丑陋的生命历程，展开和完成自己。

我就这样静静地、目不转睛地凝视着这朵野花，然后，我转过身来，慢慢离你而去。

我不愿看见你凋零的时刻。

我将永远记住你向我微笑的神情。

那一刻，整个宇宙也变成了一朵绽开的花，那无限展开的时间和空间，都是精美的情思，神的情思。

别了，一万年后，也许你还会在这里，或在别处开放，那时，是否会有一个人凝视你？当他凝视你的时候，是否会想起：曾经有一个古人，那真挚的凝视？

我确信我的目光，那被你点燃也被你净化的目光，最终也被你收藏于内心，并多多少少感染了你。

遥想，一万年后的某个早晨，你又一次悄悄绽开了，你绽开的时候，也透露了收藏在你心里的我的一部分眼神。

一万年后的那个早晨，遇见并凝视这朵野花的那个人，他知道吗？在一朵花上，有我———一个古人寄存的目光？

此刻，我和他的目光，在同一朵花上，相遇了……

又见南山

　　我是山里人。山是我的胎盘和摇篮，也是我最初的生存课堂。山里的月是我儿时看过的最慈祥的脸（仅次于外婆），山里春天早晨的风是最柔软的手（仅次于母亲），山的身影是多么高大啊（仅次于毛主席）。我读第一本书的时候，入迷得像在做梦，每一个字都是那么神奇，它们不声不响非人非物，但它们能说出许多意思，这真是太有意思了。忽然书页暗下来，抬起头，才看见，山一直围在我的四周，山也在看书？其实它们站在书的外面，抿着嘴像要说什么话，却不说，一直不说。山要是把一句话说出来，要么很好玩，要么很可怕，天底下的话都不用再说了。但是山不说一句话，不说就不说吧，多少年多少年都不说，就是为了让人去说各种各样的话。我隐约觉得山是很有涵养的，像我外爷，外爷是个中医，很少说话，他说，我开的药就是我要说的话。

　　后来，就逃跑般地离开了山。也许山还记得我对它的埋怨：闭塞、贫困、愚昧，挡住了我的视线，使我看不见人生的莽原和思想的大海。

辗转这么多年，从一本书走进另一本书，我像书签一样浏览了许多语言；从一座城搬进另一座城，我像钥匙一样认识了许多锁子；从一栋楼爬上另一栋楼，我像门牌一样背诵了许多号码。然而，走出书，走出城，走下楼，我发现我什么也没有，尽管有时感到自己似乎拥有很多，学问呀，知识呀，信息呀，成就呀，名声呀，职称呀，职务呀，电脑呀，银行账户呀，股票呀，老婆呀，儿子呀，房子呀，车子呀，哥儿们呀，见闻呀，已经到来的金色中年呀，可以预见的安详晚年呀，无疾而终的圆满落日呀……

可是，闭起眼睛一想，又真正觉得空荡荡的，夜深人静的时候，望着苍白的天花板，感到一种迫人的虚。

城市只是一个投寄信件的邮箱，而我只是一个寄信人或收信人。寄完信或读完信，我就走了，而邮箱还挂在那里。说到底，人也是一封信，城市在我们身上盖满各种各样的邮戳，却找不到投寄的地方。

是什么使我变成了一封死信？身上的邮戳重叠着邮戳，地址重叠着地址，日期重叠着日期，但是这封信无处投递，就这样在模糊的邮路飘来荡去，直至失踪？

这时候我已经回到当年的小城。这时候我忽然看见我早年逃离的山——南山。

它依然凝重，依然苍蓝，依然无言，不错，还是我祖先般的南山。

但是，我心里很深的地方被它触动了，被它闪电般照亮了。

我何以感到认真走过的岁月却是空荡荡的虚？我何以成为一封无处投递的死信？

是因为我遗忘了你吗，南山？这么多年，我真的像遗忘一堆石头一样遗忘了你吗，南山？

而你依旧站在你地老天荒的沉默里，站在你崇高的孤独里。

这时候我看南山，它像是苍老而永远健在的祖先，像哲人凝眉沉思，像先知欲言又止，像在做一个永远要做下去的手势，看不清是诀别还是召唤。

此中有真意，欲辨已忘言。

我好像明白了，我当初那么认真地出走，只是为了更深刻地返回，是这样吗，南山？我们在命运里走来走去，最终却回到出发的地方，并且第一次真正认识它，是这样吗，南山？

一封盖满邮戳的信终于找到了投递的地址，它正在到达，它将被阅读，它同时也阅读它的阅读者，阅读一个伟大的旧址——南山。

去而复返，又见南山，我第一次真正看见南山。

｜ 月光下的探访

今夜风轻露白，月明星稀，宇宙清澈。月光下的南山，显得格外端庄妩媚。斜坡上若有白瀑流泻，那是月晖在茂密青草上汇聚摇曳，安静，又似乎有声有色，斜斜着涌动不已，其实却一动未动，这层出不穷的天上的雪啊。

我爬上斜坡，来到南山顶，是一片平地，青草、野花、荆棘、石头，都被月色整理成一派柔和。蝈蝈弹着我熟悉的那种单弦吉他，弹了几万年了吧，这时候曲调好像特别孤单忧伤，一定是怀念着它新婚远别的情郎。我还听见不知名的虫子的唧唧夜话，说的是生存的焦虑、饥饿的体验、死亡的恐惧，还是月光下的快乐旅行？在人之外，还有多少生命在爱着，挣扎着，劳作着，歌唱着，在用它们自己的方式撰写着种族的史记。我真想向它们问候，看看它们的衣食住行，既然有了这相遇的缘分，我应该对它们提供一点力所能及的帮助，它们那么小，那么脆弱，在这庞大不测的宇宙里生存，是怎样的冒险，是多么不容易啊。然而，常识提醒我，我的探访很可能令它们恐慌，不小心还会伤害了它们。我对它们最大的仁慈和帮助，是不要打扰它们，慈祥的土地和温良的月光会关照这些与世无争的孩子的。这么一想，我心里的牵挂和怜悯就释然了。

我继续前行，我看见几只蝴蝶仍在月光里夜航，这小小的宇宙飞船，也在无限里做着短促的飞行，在力所能及的范围内探索存在的底细、花的底细，此刻它们是在研究月光与露水相遇，能否勾兑出宇宙中最可口的绿色饮料？

我来到山顶西侧的边缘，一片树林寂静地守着月色，偶尔传来一声鸟的啼叫，好像只叫了半声，也许忽然想起了作息纪律，怕影响大家的睡眠，就把另外半声叹息咽了回去——我惊叹这小小生灵的伟大自律精神，我想鸟的灵魂里一定深藏着我们不能知晓的智慧。想想吧，它们在天空上见过多大的世面啊，它们俯瞰过、超越过那么多的事物，它们肯定从大自然的灵魂里获得了某种神秘的灵性。

我走进林子，我看见一棵橡树上挂着一个鸟巢，我踮起脚尖发现这是一个空巢，几根树枝一些树叶就是全部建筑材料，它该是这个世界最简单的居所了，然而就是它庇护了注定要飞上天空的羽毛，那云端里倾洒的歌声，正是在这里反复排练。而此时它空着，空着的鸟巢盛满宁静的月光，这使它看上去更像是一个微型天堂。

如果人真有来生，我希望我在来生里是一只阳雀鸟或知更鸟，几粒草籽几滴露水就是一顿上好午餐，然后我用大量时间飞翔和歌唱，我的内脏与灵魂都朴素干净，飞上天空，不弄脏一片云彩；掠过大地，不伤害一片草叶。飞累了，天黑了，我就回到我树上的窝——我简单的卧室兼书房——因为在夜深的时候，我也要读书，读这神秘的寂静和仁慈的月光……

夜晚的河流

远远地，我听见河流的声音，那是一个熟睡的老人，梦境里发出的鼾声。

我轻轻走过去。轻轻地，我不能冒失地走近一位长者。我怀着尊敬的心情，去探望沉入睡梦中的孤独老人。

我看见了河流的睡相。在蒸腾的夜气里，在灰白的雾帐下面，他枕着冰冷的石头，裸身睡在古老的河床。

河流的身体多么柔软和修长，服从坚硬的地理，他弯曲着睡眠，他一路折叠了多少波涛？

我站在河流的身边，我站在一位躺着沉思的老人身边。我不必问他在想什么，他的每一滴水都是思想。

即使最平静的时候，他仍然在记忆深处，抚摸过去年代的沉船。

我根本不能想象，一个老人白发后面积压了多少霜雪；我根本不能想象，一条河流的身体里埋着多少世纪的闪电。

即使在最黑的夜晚，河，仍然睁着明亮的眼睛，河不会迷路。没错，即使河闭着眼睛，也能到达他的目的地。

谁都陪伴过他，谁都很快离开了他。石头陪他一程，很快变成沙粒；鸟陪他一程，很快变成幻影；人陪他一程，很快变成传说；苍茫里，一条孤独的河自己走着自己。

谁不曾被河流照料？谁不曾听过河流的叮咛？即使最残忍的暴君，他也不能靠嗜血度过一生，当他渴了，端起盛水的碗，他是否也会看见，河流那仁慈的眼神？

我们似乎不知道，在这唯一一次的人生里，能与河流相遇，是怎样的幸运？这是万古一次的相遇，一条河环绕我们短促的一生。可是我们一次次辜负了河流，也伤害了河流。河给予我们清澈，我们报之以浑浊；河给予我们辽阔，我们报之以阻塞；河给予我们甘泉，我们报之以污秽；我们把恶毒的欲念抛给他，把手中的垃圾抛给他，把胡言乱语抛给他……

饱受凌辱的河流，默默地转过身去，一次又一次原谅了我们，在夜色深处，他独自吞咽着那难以下咽的食物，把痛苦的泥沙埋进心底。

此时，我弯下腰，把手伸进河流，我感到了河水的寒意，我知道，这是河流在为燥热的我降温，在为因高烧而龟裂的岸降温。

我继续弯着腰，我用双手搅动河流，我想制造一点波浪和旋涡，河水随着我的手起伏了片刻，又很快恢复了平静，我由此知道：一生一世，我对河流的影响，比一条鱼对河流的影响，要小得多。

我躺下来，与河流并排躺在黑夜的床上，我好像躺在伟大祖先的身旁，与他一道流过万古千秋。一卷卷史书，被我一页页展开，一页页打湿，一页页翻过。你听啊，随便打开一本书，总是哗啦啦的声音，那正是河流的声音。

我躺下来，与河流并排躺在黑夜无边的床上。像河流那样坦荡入睡真是幸福啊，没有噩梦没有鬼怪，宽广的梦境里覆盖着全宇宙的星光。

我躺着，我想象着，河流的心里一定怀着一个简单的期待：与他相遇的人们，都是纯真的孩子，干干净净地走过或游过这一段湿润的时光，他将收藏他们干干净净的身影。

我躺着，我想象着：河流走着走着就把自己走丢了，当他一觉醒来，看见了海，却找不到自己，那时候，他该是何等惊慌？

我知道，我的到来并没有减少河流的寂寞，这位习惯于躺着沉思的老人，仍然像远古那样，怀抱着巨大的孤独和感伤……

林中溪水

　　一条大河有确切的源头，一条小溪是找不到源头的，你看见某块石头下面在渗水，你以为这就是溪的源头，而在近处和稍远处，有许多石头下面、树丛下面也在渗水，你就找那最先渗水的地方，认它就是源头，可是那最先渗水的地方只是潜流乍现，不知道在距它多远的地方，又有哪块石头下面或哪丛野薄荷附近，也眨动着亮晶晶的眸子。于是，你不再寻找溪的源头了。你认定每一颗露珠都是源头，如果你此刻莫名其妙流下几滴忧伤或喜悦的泪水，那你的眼睛、你的心，也是源头之一了。尤其是在一场雨后，天刚放晴，每一片草叶，每一片树叶，每一朵花上，都滴着雨水，这晶莹、细密的源头，谁能数得清呢？

　　溪水是很会走路的，哪里直走，哪里转弯，哪里急行，哪里迂回，哪里挂一道小瀑，哪里漾一个小潭，乍看潦草随意，细察都有章法。我曾试着为一条小溪改道，不仅破坏了美感，而且要么流得太快，水上气不接下气似在逃命，要么滞塞不畅好像对前路失了信心。只好让它复走原路，果然又听见纯真喜悦的足音。

别小看这小溪，它比我更有智慧，它遵循的是自然的智慧，是大智慧。它走的路就是它该走的路，它不会错走一步路；它说的话就是它该说的话，它不会多说一句话。你见过小溪吗？你见过令你讨厌的小溪吗？比起我，小溪可能不识字，也没有文化，也没学过美学，在字之外、文化之外、美学之外，溪水流淌着多么清澈的情感和思想，创造了多么生动的美感啊。我很可能有令人讨厌的丑陋，但溪水总是美好的，令人喜爱的，从古至今，所有的溪水都是如此的可爱，它令我们想起生命中最美好纯真的那些品性。

林中的溪水有着丰富的经历。我跟着溪水蜿蜒徐行，穿花绕树，跳涧越石，我才发现，做一条单纯的溪流是多么幸福啊。你看，老树掉一片叶子，算是对它的叮咛；那枝野百合投来妩媚的笑影，又是怎样的邂逅呢？野水仙果然得水成仙，守着水就再不远离一步了；盘古时代的那些岩石，老迈愚顽得不知道让路，就横卧在那里，温顺的溪水就嬉笑着绕道而行，在顽石附近漾一个潭，正好，鱼儿就有了合适的家，到夜晚，一小段天河也向这里流泻、汇聚，潭水就变得深不可测；兔子一个箭步跨过去，溪水就抢拍了那惊慌的尾巴；一只小鸟赶来喝水，好几只小鸟赶来喝水，溪水正担心会被它们喝完，担心自己被它们的小嘴衔到天上去，不远处，一股泉水从草丛里笑着走过来，溪水就笑着接受了它们的笑……

我羡慕着溪水，如果人活着，能停止一会儿，暂不做人，而去做一会儿别的，然后再返回来继续做人，在这"停止做人的一会儿里"，我选择做什么呢？就让我做一会儿溪水吧，让我从林子里流过，绕花穿树，跳涧越石，内心清澈成一面镜子，经历相遇的一切，心仪而不占有，欣赏然后交出，我从一切中走过，一切都从我获得记忆。你们只看见我的清亮，而不知道我清亮里的无限丰富……

| 山中访友

走出门，就与含着露水和栀子花气息的好风撞个满怀。早晨，好清爽！心里的感觉好清爽！

不骑车，不邀游伴，也不带什么礼物，就带着满怀的好心情，哼几段小曲，踏一条幽径，独自去访问我的朋友。

那座古桥，是我要拜访的第一个老朋友。德高望重的老桥，你在这涧水上站了几百年了？你累吗？你把多少人马渡过彼岸，你把滚滚流水送向远方，你弓着腰，俯身吻着水中的人影鱼影月影。波光明灭，泡沫聚散，岁月是一去不返的逝川，唯有你坚持着，你那从不改变的姿态，让我看到了一种古老而坚韧的灵魂。

走进这片树林，每一株树都是我的知己，向我打着青翠的手势。有许多鸟唤我的名字，有许多露珠与我交换眼神。我靠在一棵树上，静静地，以树的眼睛看周围的树，我发现每一株树都在看我。我闭上眼睛，我真的变成了一株树，脚长出根须，深深扎进泥土和岩层，呼吸地层深处的元气；我的头发长成树冠，我的手变成树枝；我的思想变成树汁，在年轮里旋转、流淌，最后长出树籽，被鸟儿衔向远山远水。

你好，山泉姐姐！你捧一面明镜照我，是要照出我的浑浊吗？你好，溪流妹妹！你吟着一首小诗，是邀我与你唱和吗？你好，白云大嫂！月亮的好女儿，天空的好护士，你洁白的身影，让憔悴的天空返老还童，露出湛蓝的笑容。你好，瀑布大哥！雄浑的男高音，纯粹的歌唱家，不拉赞助，不收门票，天生的金嗓子，从古唱到今。你好呀，悬崖爷爷！高高的额头，刻着玄奥的智慧，深深的峡谷漾着清澈的禅心，抬头望你，我就想起了历代的隐士和高僧，你也是一位无言的禅者，云雾携来一卷卷天书，可是出自你的手笔？喂，云雀弟弟，叽叽喳喳说些什么？我知道你们是些纯洁少年，从来不说是非，你们津津乐道的，都是飞行中看到的好风景。

捧起一块石头，轻轻敲击，我听见远古火山爆发的声浪，我听见时间的隆隆回声。拾一片落叶，细数精致的纹理，那都是命运神秘的手相，在它走向泥土的途中，我加入了这短暂而别有深意的仪式。采一朵小花，插上我的头发，此刻就我一人，花不会笑我，鸟不会羞我，在无人的山谷，我头戴鲜花，眼含柔情，悄悄地做了一会儿美神。

忽然下起阵雨，像有一千个侠客在天上吼叫，又像有一千个喝醉了酒的诗人在云头朗诵，又感动人又有些吓人。赶快跑到一棵老柏树下，慈祥的老柏树立即撑起了大伞。满世界都是雨，唯我站立的地方没有雨，却成了看雨的好地方，谁能说这不是天地给我的恩泽？俯身凝神，才发现许多蚂蚁也在树下避雨，用手捧起几只蚂蚁，好不动情，蚂蚁，我的小弟弟，茫茫天地间，我们有缘分，也做了一回患难兄弟。

雨停了。太阳像刚出浴的美人，眉目间传递出来的尽是温柔的神情。一弯虹桥也落成了，两座大山正好做了它的桥墩。修一座天堂是这么简单，只需要一阵雨的工夫，真想踏上那虹桥，一步走向天国。又一想，我上了虹桥去看什么呢？还不是看虹桥下的好山好水好意境？那么，我就站在这虹桥下，岂不既看了天国又看了地国？我，一个凡人，岂不阅尽了天上人间的风光？于是决计不登那虹桥。那虹桥好像知道了我的心事，一会儿工夫，就悄悄不见了。

幽谷里传出几声犬吠，云岭上掠过一群归鸟。我也该回家了。于是，轻轻地招手，惜别了山中的众朋友，不带走一片云彩，只带回满怀的好心情好记忆，顺便还带回一路月色……

第六章

身着白衣，心有锦缎

| 对孩子说

　　你必须吃很多粮食、蔬菜、水果，饮很多水和奶，才渐渐增长自己的身高和体重。记住，是土地供给你营养让你渐渐高出土地，你不要忘了随时低下头来，甚至要全身心匍匐在地面上，看看土地的面容和伤痕。为了你站起来，土地一直谦卑地匍匐着，在伟大的土地面前，你一定要学会谦卑。

　　为了生长，你不得不多吃一些东西，这就不得不请求别的生命的帮助，这就难以避免地伤害了它们，憨厚的猪、勤劳的牛、忠实的狗、善良的羊、活泼的鱼、诚恳的鸡……都帮助了你的生长，多少牺牲构成了生命的庙宇。看似理所当然的过程，实际却充满着疼痛和伤害。为此，感恩和忏悔，应该成为你一生的功课，这样或许沉重了些，但沉重之后，你将获得真正的美德。

　　你将吃很多的盐，然后渐渐汇成内心的深海，并体会那种咸的感情。

　　你将翻过许多山，很可能你找不到通向峰顶的路径，那么继续攀登吧，许多迂回重复的路，使你的记忆弯曲并有了深度；而当你终于到达一座山顶，你会看到更远处那积雪的山峰，于是你知道，你必须不停地出发，生命就是不停地开始，只有过程，没有顶点。

你必须经历很多个夜晚，为此，你应该多准备一些灯盏。学会把灯高高地举起，不仅照亮了自己的夜晚，也为远处的另一位夜行者提示了路的存在。

永远向高处、向远处敞开胸怀，你将获得辽阔的心胸和源源不竭的激情。

但是孩子，你必须随时把目光从高处远处收回，看看低处，学会尊重和热爱低处吧，热爱低处的人，热爱低处的劳动，热爱低处的水域。化作一滴水汇入低处吧，最低处的海，最低处的水，养活着这个世界。

当然，孩子，我仍然没有说清楚什么；真理的金子是隐藏在黑夜的泥沙里的。为此，你必须走向你的河流，深入你的波涛，淘洗和寻觅吧，当整整一条河流都从你的手指间漫过，或许你会发现一些闪光的颗粒。

即使注定不会有什么发现，你也必须走向河流，与它一同发源，一同奔流，一同历险，一同化入苍茫。

孩子，向自己的河流走去吧……

时光倒流

爱因斯坦认为：光速是宇宙间最高的速度，也可以说宇宙就是一种光速现象，我们看见的一切，都是物质以光速发出的影像。当速度超过光速，时间就会倒流，宇宙开始退行，退行的宇宙将逆向呈现它形成的过程。

假设一个人乘上一艘超光速飞船，他就飞向了"过去"，他看见的都是过去的场景，我们在历史书上、在关于宇宙演化的天文书上读到的壮烈、奇异情景，都会被他一一看到——当然是快速一瞥，来不及凝视或辨认，光速嘛。

如果时光倒流，你将看到：

太阳从西边升起，地球向远古倒转，所有河流都倒流着返回源头。你将陆续看见你的青年、少年、儿时，你将看见你早已逝去的祖父、祖母、曾祖父、太祖父，你将看见你的所有祖先，你将看见民国、清朝、明朝、元朝、宋朝、唐朝、汉朝……你将看见曾经的盛世和乱世、喜剧和闹剧，它们都将倒着上演。

你看见李白不停地从一首首诗里退出，退到另一首诗，直到退出纸退出唐朝，退到没有李白的地方，退到一大片月光里；你将看见孔夫子，你将看见他忽然变成孩子，变成婴儿，他竟不认识《论语》里的任何一个字，你将看见他返回到母亲的身体，你将看到养育了圣人的那位平凡而年轻的古代母亲；你将看见，战国密集的箭纷纷返回弓上，冰冷的剑纷纷返回鞘里；你将看见治水的大禹逆水而行，水越来越小大禹越来越小，你目送他返回河的源头，部落的源头。你将看见女娲（假如真有女娲），她不用补天，坍塌的星斗自动上升到史前完好的苍穹；你将看见我们最远的始祖——那第一批脱掉尾巴走出森林的原始人类，眼睁睁长出尾巴返回森林爬上树冠，你大呼猴子猴子——其实你是见到了我们真正的祖先……

你将看见地球，侏罗纪的地球，泥盆纪的地球，震旦纪的地球，你将看见胚胎状的地球——一团沸腾翻滚的气泡和岩浆，你简直无法相信，昆虫、恐龙、飞鸟、人类、文明、历史、美女、暴君、天才、白痴、苍蝇、天鹅、罪恶、爱情……竟是从这一锅原始糊辣汤里烹调出来的。

你看见浩瀚天河的源头，你隐隐看见在空间的高处，时间的上游，一双神圣的眼睛开始哭泣——你猜想一定是为爱情而哭吧，他泪雨滂沱，他哭个没完，天河就从他哭红的眼睛里发源；你看见月亮其实是宇宙巨人抛出的一只独眼，安放在地球附近，窥视繁衍于其上的某种生物，洞察其恶，烛照其善，光大其美，化育其心；你看见北斗星座刚刚成形，你差一点就成了它的第八颗星，可眨眼间七兄弟分手，朝七个方向、七个深渊飞去……

你看见的船都向港湾返回，并陆续上岸，变成木头，变成青翠的树；你看见的战争都在向战前撤退，战死的将士全部复活，手中的刀枪自动变成矿石，赤手空拳的男儿们都返回和平的故乡；你看见的罪恶都退向罪恶发生之前，因此你看不见罪恶；你看见的善意都还原到善意之根，因此你看不见善意。过程回到原点，一切都没有结果，原因是唯一的结果，而原因已归于鸿蒙。因此，你作为驾驶超光速飞船的超人，比起我们常人，你其实一无所见，你只看见了无穷无尽的量子和量子纠缠，你只看见了时间、空间和万物的本体——那隐藏在幻象后面的最高的空无，最高的虚构，那包容着无穷的动、自身却一动不动的永恒寂静。

你看见的诗都还原成简单的字，诗人重新读不懂自己的诗，诗和曾经写诗的人，都回到诗的本源，回到事物简单的真相；你看见婚姻返回到爱情，爱情返回到最初的心跳，所有的情书都从结尾回到开头，因此，你很荣幸地看到有史以来所有情书的草稿，又很不幸地看到情书起草前那无穷的白纸，那么苍白，像极了那被爱情折磨得死去活来的古今中外无数张苍白、忧伤的脸……

你就这么飞着，倒退着，退回到空间的尽头，退回到时间的源头，退回到不可思议的万有归一的奇点，退回到霍金那最初的大爆炸，退回到那一声轰隆隆的巨响里，退回到巨响发生之前的空无和静默。

你终于失踪了，轰的一声之后，一切，都无影无踪。宇宙，去向不明；你，去向不明……

| 目光

据说目光是有质量、有重量的，也是有湿度、有温度的。我经常体会着目光落在身上或心上，那种灼烫感、尖锐感、潮润感、温暖感、压迫感。

我想，我们生命的重量，当然不只是身体的重量，在这方面，我们的朋友们很多都强过我们，比如猪、牛、马、驴，海里的鲸、森林里的大象等等。常常，我们精心喂养一生的身体，到头来很可能不够一个大型动物的重量的零头。

但我们并不觉得自己一生的饭白吃了，人白活了。我们觉得自己的一生虽然谈不上轰轰烈烈德高望重，但还是积攒了一些东西的。

积攒了些什么呢？情感？故事？思想？伤痕？记忆？

这些都是，又不都是。

依我看，我们积攒的，主要是一些目光。

当我们记起某种情感时，回忆的筛子就在意识的深海打捞起一缕一缕目光，于是我们记起了目光后面的某一双眼睛，温柔的，潮湿的，或热烈的。

当我们记起某些往事时，未必能搜索到具体的场景和情节，事件已经淡成云雾，但是，隐约在事件上空的那些目光，往往如同闪电，已经扎根在过去的夜幕上。

当我们记起某个思想时，总是在一个眨眼的瞬间，一眨眼，突然眼前亮了，心中的某个角落亮了，精神的某个房间亮了，于是我们重新进入这个思想，并被这个思想照亮。为什么一眨眼间，就重逢某个思想？那是因为，一眨眼间，我们的眼睛记起了某种目光，沉思的、焦虑的、顿悟的、狂喜的、澄明的。而那思想，正是由这样的目光浇铸而成。

为什么我们记起某些往事时，心上和身上会有温暖或滚烫的感觉？那肯定是我们的体内，存放着温暖或滚烫的目光。

为什么我们记起某些场景时，心上和身上会有被碎玻璃扎伤的感觉，甚至会有锥心锥骨的感觉？当你锁定这些场景，在深处找寻，一定能找到几束凶狠、敌意的目光，或者找到几缕失望、忧伤、悲

凉的目光。从这些目光，你会想起谁让你受到伤害，你又让谁受到
伤害。

我见过多少人？几十年下来，恐怕也有几十万上百万人次了
吧？以一天平均相遇五十人计算（包括旅行，那每天匆忙相遇的人
数不下数万），四十余年里，少说也有近百万了。这么多人我是怎
么与他们相遇的？还不就是目光，彼此投递的目光，匆忙浏览的目
光。是的，大部分的人，我们都是彼此匆匆浏览一下，一闪而过，
并不细读其形貌，更不知其命运，就那么擦肩而过或擦目而过，一
别永恒。而能留在记忆里的，不过是那些欣赏的目光、柔软的目光、
关切的目光、智慧的目光，当然也有那恶意的目光、冷漠的目光。
这些目光，或者抚慰了你，或者伤害了你，它们，像流星雨或火山
灰，都存储在你内心的岩层里了。

同样，几十年下来，我见过了多少生灵？从童年第一次看见鸡、
猪、狗、猫、麻雀、燕子，我这半生里见过的各种生命，恐怕已经
成千上万了。在这成千上万的生命里，留在记忆里的，或者说在记
忆里藏得最深的，还是那些与我交换过目光的生命。比如，我与猫
交换过疑惑的目光，纳闷它何以成为鼠的死敌，于是我记住了那只
黑猫。我与蛇交换过神秘的目光，它在漫长的冬眠里究竟梦见了什
么，穿行于幽暗的林子，它对这个森严的世界有着怎样的观感？于
是我记住了那条菜花蛇。我与狗交换过友好的目光，狗不乏生存的

智慧却必须效忠人，才能度过委屈的一辈子，我对它怀着同情，它对我示以友好，于是我记住了那只白狗。我与牛交换过怜悯的目光，它活着必须拉犁负重，吃的是草，挤出的是奶，死了，还要向人交出骨头交出肉交出皮，我身上有牛皮带牛皮鞋，我书桌上有牛的犄角，粉身碎骨的牛，就这样进入我们的身体和生活。人与牛的不公平契约，是谁主持签订的？牛，这忠厚的生命，何时才有出头之日？而牛对我的不解报以不解，它流着泪的眼睛善意地打量我，它对它的伤害者，却没有仇怨，只感恩于他们放牧了它。正由于牛和其他生灵对人的大度和宽恕（也许是无可奈何），人才渐渐壮大起来，但是我希望人有一天能够真诚地向牛、向其他被伤害的生灵，深深地鞠躬并深深地忏悔。与牛曾经有过这伤感的交流，于是，我记住了那头黑色的母牛。我与大槐树上的花喜鹊交换过问候的目光，它的窝一次一次被人捣了，但它一次又一次返回来，重新筑窝，重新与人们亲热地拉家常。我劝说了我的父亲，他不再用长竹竿挑那个简单的鹊窝，想一想，它也有一家子啊，那就是它的全部家当啊，它活得比咱们还不容易啊。我制止了上树捉鹊的猫，希望它改变吃里爬外的毛病。喜鹊的窝保住了，它一家子天天向我们报喜，即使在阴郁的日子，它也能给我们带来一点喜气，它大约凭它的灵性知道了是我呵护了它，它一见到我，总是用喜悦的语言，让我的心充满喜悦，而且有好多次，我近距离看见了它喜盈盈的眼睛。在自然界的众多生灵中，喜鹊，大约是最有佛性的，它对世界，总是怀着慈爱心欢喜心，它的目光，是雨后天空般的单纯和善良，于是，我永远记住了我家门前的那只花喜鹊……

随着岁月的流逝，人一天天老下去，身体的重量却一天天轻下去，然而，身体老了轻了，我们的生命却反而越来越沉重，这是为什么？

那是因为身体内部，在那看不见的记忆的岩层里，收藏着、沉积着层层叠叠的目光。

目光的重量，远远大于我们的体重。其实，我们的身体，我们身体里面的那颗心，正是收藏和储存目光的库房。

颗粒归仓，一生遭遇的各种目光，都存进心的仓库了。

所以，当我们老了，越来越轻的身体里，却感受到越来越多的沉重，那些好的目光，如宝石珍珠，存放在内心最重要的房间。我们经常于静夜抚摸它们，回味它们，被它们再次照拂，同时又为无法再次回到那些眼睛面前，表达谢意和敬意，而感到遗憾和痛心；而那些不好的目光，恶意的、冷漠的，虽说时间已稀释了它们的分量，然而记忆还是时常被它们袭击，就如同跋涉过水深火热，双腿乃至浑身的骨头，难免被风湿性疼痛折磨。我们的身体和心灵，比我们的理性要精确得多，理性接纳了的，被理性过滤掉的，身体和心灵都悉数收藏，而且原汁原味原质。假如你能勘探你身体内部的江河湖海和崇山峻岭，你将惊异它浩瀚的沉积和收藏，而藏得最深、保鲜保真最好的，正是那一脉脉、一束束、一道道目光。

我们的体重之外，更多的，也更重的，是身体内部储存的目光的重量。

人生的质量，除了身体的质量，更主要的是身体内部储藏的目光的质量。

圣人体内，一定存放着高质量的目光，这样的目光，如水、如雪、如虹、如星、如月，如细雨、如纯棉、如黑夜的灯，如冬日的炉火，如妩媚的青山，如雨后的草叶，如深夜天河那浩瀚的注视，如月光里展开的大海那深邃的沉思和悲悯，如闪电穿过长夜又谦卑地消融于长夜……我读《论语》，读《庄子》，读佛经，读列夫·托尔斯泰，我都读到了一束束目光，他们眼睛里的，以及他们内心里储存的目光。圣人从目光的丛林里走过，从生灵的泪雨血河里蹚过，他们的眼睛望见了苦海深处的消息，望见了生存莽原上伤痛的背影，同时，他们的眼睛又与长夜远处星空高处某个神圣的目光对接。于是，一种深达海底又高接星辰的伟大心胸展开于他们体内，一种半人半神的目光，发自人的内心却蕴藏了宇宙般深广思想和爱意的目光，终于降临世间。

于是，我经常问自己：

你的体内该存放怎样的目光？你渴望收藏的那些好的目光是在陆续凋零，还是在陆续生长？你如何在紫外线和有害射线频频伤害的大地上，捕捉并珍藏那些美好的光线？穿过日渐破败的森林，你怎样寻找种子那暗淡的目光？在长久地与它对视之后，你是否播种它，并祈祷在雨过天晴的早晨，你看见一株嫩芽，噙着泪珠，表达着胆怯的希望？于是，你重新确认，备受欺凌的大地并没有掉头远去，她仍在这里，她用伤口做眼睛，辨认着那些再次向她走来的人，向她投来怎样的目光。

我又该向生活，向历史，向覆盖着坟墓、陨石和青草的土地，投去怎样的目光？我该向瘦瘦的溪流、细细的泉眼投去怎样的目光？你看，那朵小小的荠菜花就要开了，仿佛一点粗暴的声音都会让它熄灭，我该怎样以温柔的目光注视它那仅有几分钟的童年？无家可归的燕子，怯怯地降落我的阳台，怯怯地，以公元前的方言试探我的心思，试探我对春天的态度，我该用怎样的目光，问候它或冷落它，欢迎它或拒绝它？我该向那在泥泞山路上跋涉的身影，投去怎样的目光？我该向那在垃圾堆里、在文明的边缘地带徘徊的流浪汉投去怎样的目光？我该向那被不公的命运、被贪婪的资本和权力剥夺得一无所有、孤苦无告的穷人投去怎样的目光？我该向雨夜里明灭的沉思的灯火投去怎样的目光？我该向一直在黑夜的最高处凝视我的那些神圣的星星投去怎样的目光？我该向那一天一次大出血、每一天都怀抱爱的火焰而死去的壮美的夕阳，投去怎样的目光？我看见我的不远处安静地站立着的那棵柳树，它的每一根手指都在传递一种古老而单纯的情思，它嫩绿的眼神，那点化过《诗经》、照拂过唐诗、抚慰过宋词的眼神，又投递到这僵硬的水泥地板上，投递到被电线缠绕被塑料包装了的生活身上，投递到被商业操纵被数字组装被技术复制的文化身上，投递到我落满紫外线落满尘埃落满高分贝尖叫声的我的小小的身体上和心上，那么，我该向它投去怎样感恩的目光？

是的，我收藏着来自历史、来自自然、来自生活、来自人群的各种各样的目光。

同时，我投出去的目光，也将被收藏，被某棵树收藏，被某朵花收藏，被某条河收藏，被某盏灯收藏，被夜半的某颗星收藏，被近处或远处的某个灵魂收藏。

就这样，我们的目光，改变着白昼的光线，也改变着夜晚的品质，甚至，或多或少地，改变着宇宙的质量……

| 心说

人安静下来，就能听见自己的心跳。

在一间空屋里，唯一陪伴你的，是你的心。

这时候，你比什么时候都更加明白：你什么也没有，只有一颗心。

不错，还有手，但手是用来抚摸心跳的，疼痛的时候，就用手捂住心口。有时候，我们恨不能把心掏出来，捧给那也向我们敞开胸怀的人。

不错，还有腿，但腿是奉了心的指令，去追逐远方的另一颗心，或某一盏灯光。最终，腿返回，腿静止在或深陷在某一次心跳里。

不错，还有脑，但脑只是心的一部分，是心的翻译和记录者。心是大海，是长河，脑只是一名勉强称职的水文工作者。心是藏书丰富的图书馆，脑是它的读者。心是浩瀚无边的宇宙，脑是一位凝神（有时也走神）观望的天文学家。

不错，还有胃、肝、肾、胆、肺，还有眼、耳、鼻、口、脸等。它们都是心的附件。它们是无知的，也是无情的。我们不要忘了，狼也有肝，猪也有胃，鳄鱼也有脸。但它们没有真正意义上的心——因为，它们没有信仰和深挚的爱情。

我们唯一可宝贵的，是心。

行走在长夜里，星光隐去，萤火虫也被风抢走了灯笼，偶尔，树丛里闪出绿莹莹的狼眼。这时候，唯一能为自己照明的，是那颗心。许多明亮温暖的记忆，如涌动的灯油，点燃了心灯。心是不会迷途的，心，总是朝着光的方向。即便心迷途了，索性就与心坐在一起，坐成一尊雕像。

我有过在峡谷里穿行的经历。四周皆是铁青色的石壁，被僵硬粗暴的面孔包围，我有些恐惧。仿佛是凿好了的墓穴，我如幽灵飘忽其中。埋伏了千年万载的石头，随便飞来一块，我都会变成尘泥。这时候我听见了我的心跳，最温柔最多汁的，我的小小的心，挑战这顽石累累的峡谷，竟是小小的、怦怦跳动的你。

在一大堆险恶的石头里，我再一次发现，我唯一拥有的，是这颗多情的心。我同时明白，人活着的意思究竟是什么——在一堆冷漠的石头里，尚有一种柔软的东西存在着，它就是：心。

我们这一生，就是找心。

于是我终于看见，在峡谷的某处，石头与石头的缝隙，有一片片浅蓝的苔藓，偶尔，还有一些在微风里摇曳得很好看、很凄切的野草。

我终于相信，在峡谷的深处，或远处，肯定生长着更多柔软的事物和柔软的心。

这世界有迷雾，有苦痛，有危险，有墓地，但一茬茬的人还是如潮水般涌入这个世界，所为者何？来寻找心。这世界只要还有心在，就有来寻找它的人。

当我们离别时，不牵挂别的，只是牵挂三五颗（或更多一些）好的心。当我能含着微笑离去，那不是因为我赚取了金银或什么权柄（这些都要原封不动留下，这些东西本来就是些嫁鸡随鸡嫁狗随狗的东西），而仅仅是，我曾经和那些可爱的人，交换过可爱的心。

奇怪，我看见不少心已遗失在体外的人，仍在奔跑，仍在疯狂，仍在笑。

仔细一看，那是衣服在奔跑，躯壳在疯狂，假脸在笑。

"良心被狗吃了"是一句口头禅了，只是我们未必明白，除非你放弃或卖掉心，再多的狗也是吃不了你的心的，是自己吃掉了或卖掉了自己的心。

守护好自己的心，才算是个人。

这道理简单得就像 1 + 1 = 2。但我们背叛的常常就是最简单的真理。

有时候回忆往事，一想起某个姓名就感到温暖亲切，不因为这个姓名有多大功业多高的名分，而仅仅因为这个姓名是一个好心的人，一个真诚的人，一个慈悲的人。有些姓名也掠过记忆，我总是尽快将它赶走，不让它盘踞我的记忆，这样的姓名令人厌恶，不为别的，只因为拥有这个姓名的那人，他的心不好，藏满了仇恨和邪恶。

我们对一个人的评价，乃是对他拥有的那颗心的评价。

心大大地坏了的人，怎么能是好人。

"圣人""贤人""至人"，这些标准似乎都高了一些，不大容易修行到位。

那就做个好心人吧。

人生一世，草木一秋。做个好心人，有一颗好的心，这就很好。

｜ 诗意和美感的源泉

我理解，所谓写作者，就是内心里洋溢着丰沛的诗意又善于领略诗意、内心里充盈着美感又善于发现美感的人。写作，就是呈现诗意和美感的一种方式。

诗意和美感，在每一个人的天性和情感里都或多或少或强或弱或显或隐地存在着。

人，活在天地间，活在万物的怀抱中，活在无限苍茫神秘的宇宙中，也活在文化和历史中，活在对已知事物的感受中，也活在对未知领域的想象中，活在对生的感恩对爱的感动里，有时也活在对死的遐想中。

哲人说：活出意义来。

诗人说：人，应该诗意地栖居在大地上。

我想，诗意、美感，应该是我们活着的意义。当然，人活着，还有责任、义务、道德和事业。但我想，那些在日常生活中让我们感到诗意和美感的时刻，那些令我们陶醉、沉浸、升华的时刻，那些让我们变得纯洁、高尚、美好的事物，常常让我们感到活着的珍贵和可爱，每每在这时候，我们会感到活着的意味和意义。

人生的最高欣慰和快乐，不是在物质的追逐和满足中获得的。人，不过一百来斤的重量，在无穷宇宙面前无疑极其渺小，对物质的享用终归有限，而且，人在与物质世界进行能量交换的时刻，并不是人"最有意义"的时刻，因为我们知道，任何生物都能与物质世界进行能量交换。

人生的最高欣慰和快乐，来自心灵的感动，当我们向万物敞开怀抱的时刻，当我们与美好的人、美好的事物相遇并投去深情凝视的时刻，我们感到欣悦和幸福。有时，我们也会与痛苦的事物和不幸的命运遭遇，我们因此感受到世界的另一面，看到蓝色海水后面那幽暗的深渊，我们的生命体验由此获得深化。在对痛苦的感受和承担中，我们会在喜剧甚至闹剧后面，发现世界的悲剧本质和生命的悲剧美，我们同样会感到灵魂被净化后的深沉幸福，对人、对生命、对万物，我们会更多一些同情和热爱。

而所有这一切，都是因为我们发现了生存的诗意和美感。

诗意何处寻？美感何处寻？

中国古人说："外师造化，中得心源。"这里的"造化"即大自然，"心源"就是我们的内心世界。我们不妨把无边的大自然叫作"外宇宙"，把无边的内心叫作"内宇宙"。诗意和审美，即来自人的"内宇宙"和"外宇宙"相互吐纳、相互映照的时刻。

我凝视静夜的星空，星空也凝视我，星空也进入了我的内心，有限的我与无限的宇宙星空融为一体。我常常被一种"无限感"所震撼，这个时刻，我感到我与万物同在，与永恒同在，我的内心变得澄明浩瀚无际无涯。我的一本诗集《驶向星空》就记录了我的这些体验。

我常常漫步于山间、田野、林中、水畔，有时就静坐在溪水边或仰躺在树林里，看白云倒映于水面，耐心地洗涤它们各种样式的衣衫，我的心也变得清洁透明；我从瀑布的声浪里感受到一种壮烈的情怀；我从画眉、布谷鸟的叫声里学到一种说话和写作的方式。这就是：率真和自然。

我喜爱一切鸟，我觉得鸟语是值得推广的"世界语"；我爱青山，尤其是雨后的青山。宋代词人辛弃疾的两句词说出了我对青山的感觉。他说："我见青山多妩媚，料青山见我应如是。"我爱白雪，我爱虹，我爱夜空中的月亮，我爱蜻蜓和蝴蝶，它们是花和草的知音与伴侣，它们款款的影子，出没在大自然，也出没在古今中外的诗文里；我爱动物，牛马羊狗猫松鼠，世上没有卑琐的动物，你仔细注视，会发现它们的体态神情是那样美那样和谐，而它们目光中的忧郁和感伤，又令人同情，我常常痴想着，它们能与我交流一点什么，谈谈对生命的理解和对命运的看法；我爱一切植物，植物以它们无尽的绿色和果实美化了这个世界，也喂养了这个世界。我写过许多关于自然界的散文和诗歌（包括《山中访友》等），当我写自然界的任何事物的时候，内心里总是充满感动和感恩，一片落叶也会在我笔下呈现它亲切细密的脉纹，我像是看到了大自然的隐秘手相，甚至，一片雪，一声虫鸣。一阵雨打玻璃的声音，都会在我心底溅起情感的涟漪，我总是努力用语言挽留这些微妙的、深切的、诗意的时刻。

每次写作，我总是打开窗子，眺望一会儿朦胧的远山，如果恰逢一声鸟叫，我的诗文便有了清脆生动的开头；如果在夜晚写作，我就先在空旷宁静的地方，仰望头顶的星空，聆听银河无声的波涛，宇宙无穷的黑暗和光芒便滔滔地向我的内心倾泻，我深深地呼吸着那从无限里弥漫而来的浩大气息。然后，我开始诉说，向心灵诉说，向人群诉说，向时间和万物诉说。

语言被心中的激情和宇宙的浩气激活，语言行走和飞翔起来，语言有了只有在这个时候才有的动人的表情和语调，就这样，我的心，在语言的原野上走向远处和深处。每当这时候，我感动，万物和宇宙都参与了语言的运动。

我们为什么活着

看见雪，我就情不自禁地感到自己的不洁和浑浊。把自己的全部情感和意识集中起来，能提炼出一朵雪的纯洁和美丽吗？不忍心踩那雪地，脚上的尘埃玷污了它，记忆里就少了一个干净的去处。

从一棵古树下走过，总是感叹和敬畏。它从古代就站在这里，它在等待什么呢？它这样苍老，深深的皱纹，让人看见岁月无情的刀刃。它依然开花、结果，依然撑开巨大的浓荫。不管有没有道路通向它，它都站在这里，平静而慈祥，像一个古老的、圣者的微笑。

是一棵树就撑起一片绿荫，它所在的地方就变成风景，风有了琴弦，鸟有了家园，空旷的原野有了一个可靠的标志。我生天地间，真比一棵树更有价值吗？我能为这个世界撑起一片绿荫，增添一处风景，能成为旷野上的一个可靠的标志吗？

一棵小草，也以它卑微的绿色，丰富着季节的内涵；一只飞鸟，也以它柔弱的翅膀，提升着大地的视线；一块岩石，也以它孤独的肩膀，不顾风化的危险，支撑着倾斜的山体；一条鱼、一粒萤火、一颗流星，都在尽它们的天命，使无穷的大自然充满了神秘和悲壮……

人是什么？人活着的价值究竟是什么？我们天天吃饭（包括吃山珍海味），除了少量被身体吸收，大部分都变成肮脏的排泄物；我们天天说话，口中的气流仅能引起嘴边空气的短暂颤动，很少能感动别人也感动自己，话，基本上有很多是白说了；我们天天走路，走到天边甚至走到天外的月球，我们还得返回来，回到自己小小的家里；我们夜夜做梦，梦里走遍千山万水，醒来才发现自己仍然躺在床上……那么，人活着的价值究竟是什么？

我活着，全靠自然、众生的护持和养育，我这一百多斤的躯体，从头到脚，从里到外，浓缩了大自然太多的牺牲，浓缩了人类文明的太多恩泽。这皮鞋皮带，令我想起那辛苦的耕牛；这毛衣毛裤，让我遥感到另一个生命的体温；这手表，小小的指针有序地移动着，其微妙的动力当追溯到数百亿年前大宇宙的神秘运作，以及当代的某几双全神贯注的可敬的手；这钢笔、这墨水、这纸、这书籍、这音乐、这萝卜青菜、这白米细面、这煤气灶、这锅碗、这灯光、这电脑、这茶杯、这酒……我发现，这一切的一切，竟没有一件是我自己创造的！全部是大自然的恩赐和同胞们的劳动。我占有的、消耗的已经太多太多了。为了我文明地活着，历史支付了百万年刀耕火种、吞血饮雨的昂贵代价。为了我快乐地思想，太阳、地球、动物、植物、矿物以及整个宇宙都在没有节假日地忙碌着、运作着。为了我舒畅地呼吸，大气层、河流、海洋、季风、森林、三叶草以及环保站的工人，都在紧张地酿造着守护着须臾不能离开的空气……

天大的恩泽，地大的爱情。我享用着这一切，我竟不知道努力回报，却常常加害于我的恩人们：我投浊水于河流，我放黑烟于天空，我曾捕杀那纯真的鸟儿，我曾摧折那忠厚的树木，我曾欺侮赐我以大米蔬菜的农民大伯，我曾鄙视赐我以清洁清新的环保工人……

我一伸手，一张口，就享用着大自然，就占有着无数人的劳动成果。即使我躺在床上，不吃不喝，我也在享用着。我至少在享用这木头制成的床以及这棉被毛毯（而这都不是我创造的），我同时也在享用这和平宁静的环境（而此刻守边的军人正穿越一片丛林蹚过一条冰河）……

享用着。几乎是时时刻刻日日夜夜地享用着。享用？难道人活着仅仅是享用？不是享用？那么人活着的意义究竟是什么？

以真诚的感恩去回报大自然的恩泽。

以加倍的创造去回报同胞们的创造。

于是，感恩和创造，就成为人生最动人、最壮丽的两个主题。

于是，我听见万物都在默默地启示我——

蚕说，用一生的情丝，结一枚浑圆的茧吧；

树说，为荒凉的岁月撑起一片绿荫吧；

煤说，在变成灰烬之前尽量燃烧自己；

野花说，让你的生命开一朵美丽的花……

｜ 生命中柔软的部分

生命中柔软的部分，是内心深处的那种善良，那种厚道，那种浸润着温柔之雾的体贴和同情。

在生活中，我时常被一些人、一些情境感动。那感动我的，不是人性中坚硬的部分，甚至也不是刚强的部分，而是人性中温柔的部分，接近于水和女性的那部分。

坚执、刚强、果决，这些都是优秀的品质，我钦佩这些，却很难为之感动。在理智上我知道这些品质对于生存和事功的必要，但他们并不是心灵渴望的最好的东西。

心灵渴望的是体贴、温柔、宽厚、谅解，是同情与爱。

多年前我读过一篇法国作家写的短篇小说，写的是一位离异少妇乘飞机旅行，下飞机以后，机场上风很大，又在下雨，同时下飞机的一位中年男子从这位女士身边经过，看见她的围巾被风卷起，就停下来帮她系好围巾。这个细微的动作竟深深感动了这位少妇，以至于她爱上了这位男子，并最终结为眷属。

在那位少妇的心中，那无意中流露的关切和同情，一定是源于一个人的内心，透露出这个人本性中的善良和温柔。而这个人既与她没有任何直接的利害关系，也根本没有想通过这一友好的举动换取什么。那么，他对一个陌生人的关心就更具有人性的温暖了。

这个世界有着太多坚硬、粗暴、冷漠、残酷的东西。铁、水泥、玻璃……构成了一个机械僵硬的世界。而我们的文化中、生活中、心性中，似乎也越来越多地充斥着铁、水泥、玻璃……自然界的荒漠化在加剧，心灵的荒漠化似乎也在加剧。无论物质世界或精神世界，都渴望温柔的滋养。

在历史上，曾经出现过激烈的冲突、敌意和争斗，在仇恨的废墟上，也站立起一些"英雄"，但无数的平民为此付出了高昂的代价。纵观历史，恶的杠杆或许对历史的进程起过推动作用，但从对人性的伤害而言，仇恨和敌意从来都是负面和消极的。现代人越来越明白：人类和众多生命，都是地球这只独木舟上的乘客，谁都应该活下去，谁活着都不容易，理当同舟共济、患难共存。敌意、仇恨、暴力，如同泥石流，会毁坏生存的植被和人性的水土。人的心灵永远都渴望善良的情感和柔软的事物。

很多老人告诉我，他们常常回忆那些给过他们温暖和同情的人和事，也常常忏悔自己当年做过的对不起别人的事。有一个老人告诫我：人活着，千万不要动害人的念头，更不可做损人利己的事。人要温柔宽厚，不可使强用狠，强硬的人或许会占点便宜，但温柔的人是美好的。

一座高大的山让人震撼和敬畏，为它的海拔、它的气势。但山再高总有限度，在天空下面，再高的山也只是稍稍高出地面而已。如果这座山有清泉，有碧溪，有柔韧的藤蔓，有妩媚的野花，有了这些柔软的事物，这座山就不只是让人仰望，而且更让人热爱了。比起它的高、它的石头般的刚硬，这些温柔的东西更贴近人的心灵，更能让人感到这个世界的安全和柔情。因为有这么多能给人心灵带来抚慰的事物，这座山就成为心灵的一部分了。

让柔软的事物、善良的情感多一些，再多一些，让森林和清泉永远驻守在我们的心中。我们一直在怂恿欲望增殖着生活中的敌意和粗暴，人性屡屡被它伤害，爱一再推迟了归来的日期。是时候了，我们何不让贪婪休息，让嫉妒放假，让仇恨退休？我们何不来一次心灵的扫除？把那些盛满脏水的坛坛罐罐搬走吧，让田野的绿色进来，让天上的白云进来，让记忆里那些鲜活的草木进来——让它们在内心中组成一片温暖、柔软的原野。

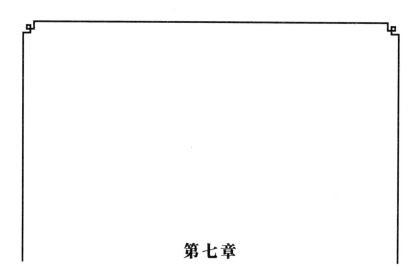

第七章

岁月失语，惟石能言

伞铺街

人在天日晴爽的时候，常常是记不起伞的。

所以，先人才留下了叮咛：饱带干粮，晴带雨伞。

这句朴素的老话，被一辈辈人重复着。

"闺女，出门别忘带把伞。"
"娘，我记住了。"
"我儿，伞在门后挂着，记住走时带上。"
"爹，我会带上的。"

就这样，叮嘱带伞的爹娘走远了，记着带伞的儿女也走远了，一代代的人都打着伞走远了。

只有上苍把下不完的雨藏在江里海里，存在云里雾里，准备在每一个人的路上，随时泼下来。

所以，当我每一次走过伞铺街，我的眼睛似乎突然有了重瞳，有了多重视力。我从临街的门里看到了更多的门，从院子里看到了更深的院子，从人群里看见了更多的人群，从已没有伞的门面上看见了很多的伞，很多年代的伞，很多样式的伞。我看见木伞、荷叶伞、棕皮伞、布伞、油布伞、尼龙伞；我看见了唐朝制伞的人、宋朝卖伞的人、清朝修伞的人、民国打伞的人。我还看见不知哪个朝代的粗心后生，可能是唐朝吧，那是个气魄宏大、情思奔放的年代，这后生有点大大咧咧，出门忘了带伞，走到半路下雨了，他衣衫都湿了，路途遥远，雨还在下，没有停下来的意思。于是，他在雨地里跑着，差点撞了一个挑着一筐韭菜叫卖的老汉，他慌忙道歉他终于找到了伞铺街，他走进了卖伞的铺子，当他谢过店家，打着伞上路，那雨点儿打在伞上，就有点平平仄仄的韵味了。一首唐诗，而且是一首意境温润、对仗工稳的律诗，就在伞下问世了。我还看见，那是民国，新式的"洋伞"刚刚流行，伞铺街也突然洋气起来了，那对年轻人紧挨着走在一把伞下，男的举着伞，女的手里还拿着一本书，在雨点儿的掩护下，他们说着生活的烦恼和打算，倾诉着细微的情感。时大时小的雨落在伞上，时而砰砰飒飒，时而滴滴答答，有时，哗啦啦，一下子就把伞上的积雨洒下来，好像把青春的苦闷都洒下来了——这变化着的雨声，恰到好处地掩护了他们一路的交谈和小小的秘密，他们就在那雨声里渐渐走远，走远。

就这样，走在伞铺街上，我总是遇见世世代代在雨里打着伞走过去的人。我总是听见伞下的低语、细碎的脚步和小小的秘密，那遥远的过去年代的雨，斜斜地飘过来，一次次把我的心悄悄打湿。而更多的伞刚刚举过来，又匆匆走过去，就随着一个朝代走进了历史的深夜。

我真想，让时光回流一小会儿，我要走进那个穿着一袭青衫的古代书生的伞下，与他交流对雨的看法和对时间的理解，然后，一起去赶考，去漫游，去登高望远，在高高的山顶，在雨后的白云上，写一卷新诗。

可是，当我把心里的羽毛收拢，安静地站在如今已没有伞铺的伞铺街上，安静地看着来来往往的人群，安静地听着起起伏伏的市声，我听见的既不是高亢的浩歌，也不是豪华的话题。我听见的是世世代代说了千百年的那些朴素的老话，从时光的门后，从历史的院落，从深深的天井，清晰地、恳切地、潮润地传过来：

"闺女，出门别忘带把伞。"

"娘，我记住了。"

"我儿，伞在门后挂着，记住走时带上。"

"爹，我会带上的。"

｜ 藤椅

我对藤椅有着发自内心的敬意。我曾经坐过沙发、转椅及仿古木椅，我也观察过坐在这些坐具上的"坐客"，最后我得出一个结论：藤椅最朴素，无俗相，坐在藤椅上的人也像藤椅一样朴素，无俗相，很干净。

我对真皮沙发没有好感，它令我想到剥牛皮的血淋淋的景象。我是坐在牛的尸体上，坐在一个生命惨烈的哀号里。我坐不安宁。

一般的沙发，大都有很好的包装和外表，时日久了，就渐渐露出了真相：虚肿而终于虚脱的海绵，扭曲挣扎的弹簧。

转椅浑身布满机关，这使它能够左右逢源，甚至能够 360° 地旋转。它殷勤地伺候坐客，保护坐客好好地长肉——于是我们就看见了，一堆堆无用的脂肪，在精致的座位上，左右旋转，上下俯仰，前后蠕动。

仿古坐具虽然极力营造"高古"的气象，但我坐在上面很难发思古之幽情。它太假了，它分明出自毫无古意的匠人之手。古是能仿出来的吗？水泥地板上长不出幽蓝的苔藓，电脑打不出李白和陶渊明的诗意，没有泪腺的电灯不理解李商隐无题的烛泪。

我还是坐在我的藤椅上吧。我常常觉得我是坐在深山幽谷里，坐在浓雾之中，坐在白云深处。有时候藤椅就飞起来，载着我飞越山海莽原，飞越星空河汉，飞越那些在我的梦境里和想象里到达过的奇幻邈远之境……但藤椅终归又把我带回来，我是如此亲切地抚摸我的"飞行器"，它是这样朴素，它只是一些藤儿，它出生在青山绿水，它告诉我：你思想的远方可以是无穷高远的领域，甚至是整个宇宙，而你思想的底座和背景，是大地和山水，是这些朴素的藤儿。

夜半，我听见些微的声音，我以为是风吹窗帘或雨打玻璃或夜行者的脚步声。仔细听，才听出是藤椅发出的声音。它白天负重，现在它叹息着舒展疲惫的筋骨，恢复自己的韧性。也许它想起青藤绿叶的往昔，想起山深水幽的故土，于是喃喃自语。

贝壳发簪，秘密海潮

这是一个乡村女子唯一与海有关的事物。从少妇一直戴到晚年，你目睹了青丝三千，是怎样变成白发万丈。这不是海的耳朵吗？收藏过沧海的波涛，见识了拍天的大音，而对人世的潮汐，是否觉得过于琐碎？一个民间女子小小的恩怨、窄窄的心河，你是否也乐于倾听？

也许是娘家的嫁妆，也许是丈夫的礼物，因了它，一种期许或承诺，竟然变得山高海深。

海，迢迢万里而来，装饰了农业深处的母亲。

母亲说，她常常在夜深人静时，将贝壳发簪紧贴耳边，就听到了海的波涛，于是想象那无边的汪洋。这贝壳里曾经活着的那个生命就在又深又咸的风浪里呼吸和行走，真不容易啊！它后来到哪里去了呢？海带走了它的命，却把贝壳送给了我。母亲说，她常常想起曾经活在贝壳里的那个生命，它是海里的小小英雄。

母亲到了晚年仍保持着多年的习惯，无论白天戴不戴发簪，每个晚上都要把它取出来，放在枕边。她说，她一生都没有见过海，海却陪伴了她一生。挨着贝壳睡去，就觉得来到了海边，她常常梦见自己驾着船到了天边，看见了她的来生：不再是池塘里的鱼，她的水面很宽，她看见海底的太阳，是擦着她的船舷升起来的。

陆地深处的母亲，往返于乡村阡陌上的母亲，就这样保持着与大海的深刻联系。

真没想到，一件小小的饰物，竟唤醒了生命深处的潮涌。

就这样，一个从没有见过大海的人，秘密地制造了自己的海，自己的辽阔，自己的海上日出。

平静的乡村深处，涨落着一个谁也看不见的海。

而你，小小的贝壳发簪，对这一切一无所知，离开了风浪深渊之后，你再也不知道什么叫风浪深渊。

你安静地，把一个人的青丝漂成白发，你不知道，其实你根本没有离开海：时间和生活漫过的地方，都是深渊……

银手镯：乡村的华丽

它肯定来自一个久远的年代。它辗转、逗留于许多身体，许多手中。它隐秘的经历已无从考证了，不知是何种机缘，它来到了母亲的腕上，使她单薄的命运里突然增加了一分幽深，一分传说般的秘密。

特别是在月夜，母亲静坐于小院里。月光透过槐树的枝叶、透过葫芦架上的藤叶和喇叭花暗蓝的花朵，连续不断地洒在母亲的身上头发上，洒在她的手臂上，洒在手镯上。手镯立即知恩必报地对这远道而来的月光做出应答，也报以源源不断的反光，它银质的心里一定以为这反光也会到达天庭，到达月亮的心上。这时候我会以为这月亮就是一位德高艺精的银匠，他连夜行路，来到每一个等待的门口，每一个安静的院子，每一个寂寞的窗前。他一眼就看见了那些脸，那些手，一眼就看见了那些等待它打磨、镀亮、加固的东西，他一眼就看见了母亲那贞静，还有几分羞涩的银手镯。于是，他反复端详，反复抚摸，用他保存在天上的最纯真的光，用最娴熟的手艺，静静地，为之洗尘，为之着色，在透明里，再加上一层透明。

这时候，我就觉得，这乡村的夜晚，民间的夜晚，古老中国的夜晚，其实是一个辽阔、神秘、清澈、安详的首饰铺。你听啊，人间天上，无数灯火，无数星光，都在安静地锻打，那按照我们内心的样式做成的一切，寺庙、古塔、房屋、桥梁、仓库、驿站、渡船、田园、酒肆、茶馆、学堂、摇篮……都在被天意打磨，被银河浇铸，被这清凉的月光抚摸。连这小小的母亲手上更小的银手镯，也在天意的笼罩里，在月光的抚摸里。此时，银手镯，是如此温存地紧贴着母亲的手，也是如此满足地安卧在月光宽阔的怀里。

清寒乡村生活中的一点华丽，一点安静的高潮。银的品质是洁，是慢，是稳，这恰好对应着古中国的文化性情和民间意蕴，对应着母亲们内心的期许。我能想象母亲们——世世代代的母亲们，她们经历多少生荣死哀和日常的愁苦，才走完自己的一生，走进家族深远的夜空。几多落花擦过额际？几多枯叶缀上衣襟？几多流水带走熟悉的人群？几多雁阵驭走脸上的笑颜？而当她低眉叹息间，以手抚手，她看见了，她握住了这小小的银手镯。是的，它没有变，没有丢失，它守着洁、守着慢，守着这分安稳，守着她细细的脉搏和体温，也守着它辗转漂泊的秘密身世，守着这温暖的手、羞怯的驿站。

就这样，银手镯，小小的银手镯，守着一分天长地久的慢，天长地久的贞洁……

顶针：一生的戒指

它不是装饰，虽然很像装饰。

远远地看，在灯光和日光里，妈妈的某根手指闪着光斑，妈妈戴着戒指。

那是顶针。缝衣、补衣、绣花、做鞋的时候，也就是做"针线活"的时候，妈妈就戴上它，戴在那根最辛苦最忠厚的手指上，一般是右手的中指。

最大的活是为一家人做过冬的棉鞋，鞋底很厚，民间叫作"千层底"，因为晴雨都要穿，鞋底薄了不保暖还会渗水。多半寸厚的鞋底，都由碎布层层叠起，每层都敷有糨糊粘连，然后用密密的针线穿凿。鞋底上纵横排列着数百上千个针眼。鞋底做好了，再缝上鞋帮，然后又用棒槌捶打使之定型，放在阳光下晾晒，一双冬鞋才算完工。

你能想象，在这些制造温暖的工程里，妈妈的手承受着多大的压力，甚至可能的伤痛。针领着线，线随着针，在手的导引里，穿过"千层"的雾，"千层"的夜色（因为妈妈常在夜深人静的时候，专注地做"针线活"），然后到达鞋底的另一面，到达生活的另一面。针和线在紧张的穿越后，每每是颤抖着到达另一面的，这是它们的驿站，稍息之后，它们又将深入生活的底部，重走另一面，然后再返回来。

在这个驿站里，迎送它们的，是母亲的手指，是那刚毅的顶针。

顶针，是的，是顶——针。针有时也不愿见缝插针了，生活中，飘逸的绸、富丽的缎极为罕见，更多的是褴褛的片段需要补缀，坚硬的细节需要穿凿。就这样，同样是金属做的，顶针，你必须去顶那根针，顶它，支援它，让它不要中途退下来，用力，再用力，到鞋底的那一面，到布的那一面，到衣服的那一面，到生活的那一面，去看看，再回来，认认真真缝补日子。

是的，针线活、针线活，针、线、布料，在妈妈的手里，都是那样敬业、镇定、专注地工作着。鞋的式样，衣服的式样，生活的式样，就渐渐成形了。

顶针上密集的针孔，是金属的伤口，它以提前预备的伤，承受更多的伤；它以先天的痛，承受后来的痛。

十指连心，也是一颗忠厚隐忍的心的造型。当命运的针线无数次穿过来，妈妈的心，该留下多少密集的针眼？

这沉默安详的金属，因藏纳着如此密集的痛点，如此密集的目光和心情，它应该是世上最珍贵的器物。

所以，妈妈即使不做针线活的时候，也戴着那枚顶针。

它是伴随妈妈一生的戒指。

它是浓缩的星河，绕着妈妈的手指旋转，它是我们的银河系……

| 红木梳子

　　它常常静卧在妈妈那简朴的首饰篮里。篮子是用精细的葛藤编织，边缘部分是用蓝色丝线缠绕，这使得简朴的篮子有了一点富丽的气息。不多的饰物恰到好处地衬托出篮子的清寂，使人很容易联想到它的主人的身份和处境。我有时感到这首饰篮何尝不是古老中国以及其广袤民间的缩影。它清寒、简朴，然而绝不简陋和寒酸，它有一种安分、干净、本色、沉静的品质，即使在简单的境遇里，也飘逸出一种古朴深远的气息。

　　我之所以不厌其烦地叙述这个首饰篮，而对其中的物件，比如红木梳子却不急于描写，是因为我觉得这个篮子是这样好，而红木梳子放在篮子里，更见出它们各是各的好。汇合在一起，那种贞静和单纯，我没有别的语言可以形容，只能说出两个字：真好。

　　不多的饰物都在母亲的身上各就其位，这时候，篮子里只有这把红木梳子，你猛一看，那不是竹篮里卧着一条鱼吗？它的主人好像是一个有闲情的淑女，就在附近的清溪里，随手将篮子放下去，提起来，月光漏尽，剩下的仅是一条文静的鱼，而且，恰巧是一条红鲤鱼。

生活并非都这样写意。也许，有这样写意的生活才有意思。

这用南方红木做成的梳子，它是怎样由一棵高大的树变成一只只细巧的鱼，游进陌生的水域？其中一只，游进了母亲的河湾，并长久地逗留在她窄窄的河床里。

我从梳子微弯的背上，发现了一个小小的虫眼，漆磨蚀了，暴露了这点秘密，这点南方的小秘密。我不禁念想起那只虫儿，它是细蜂蚜虫，还是一种勤苦的昆虫？这里曾是它们的寝室、禅房和琴台，是它们小小的道场。它们轻微地刺痛了这红木，却是认真地守护了这红木，这暖色的故园。最终，带着它们的痕迹，它们的史记，红木梳来到母亲的生活中。我记起了杜甫的诗句"物微意不浅"。圣人格物致知，既知人也知物，致广大而尽精微，不愧为千古诗圣啊！我由此感到人世和万物的深远联系，无穷的命运，无尽的生死，无量的奥秘，无限的因果。那小小的虫眼不是瑕疵，而是另一些生命对世界的留念，给我们的留言。我们不仅仅生活在我们的时间里，我们生活在很多时间里，生活在一只遥远的虫子的时间里，生活在很多生里。我们，不只是我们，我们关联着更多；更多和一切，都环绕着我们。

　　所以，当我捧起这红木梳子，注视它依旧健全的梳齿，我很想知道，从它的齿缝里掉落的母亲的头发，早年的秀发，如今的白发，三千根，三万根，都到哪里去了？我抬眼望向窗外，此时，远山泛绿，白云堆棉，我看见人世的落发万丈，都被天意保管，在另一些时光里起伏绵延。

　　红木梳子，依旧，在素净的篮子里静卧着，仿佛单纯得没有历史，只因为它就是历史……

雕花木床

　　母亲曾说过，人一辈子活不过一张床。岂止一辈子活不过一张床，这张床已有一百三十年历史，足足停靠过好几辈人生。

　　人不过是床的一场梦，梦散了，人走了，床，还在那里。

　　床框、床板上那精致的图案、逼真的花纹，仍显现着匠人的手艺和腕力。他是那么认真地为动荡、流逝的岁月雕刻着安宁的梦乡。

　　床头内侧，靠近梦的地方，那丛木雕莲花仍然欲开未开，时间的长夜里，人可以走远、走失，梦却从未中断。我想象，在母亲一生的梦里，都缭绕着莲的清香。

　　床腿已经换过多次了，榆木、樟木、枣木、柏木都曾轮番支撑过梦和一部分生活的重量，支撑过母亲的呼吸。这些木床的腿苦苦地、忠实地站在夜的深处，站在生活的暗处。

我抚摸这床，抚摸它光滑和粗粝的木纹，抚摸它被钉子叮咛过、被斧头敲打过、被雕刀装饰过的每一个细节，抚摸它停靠过一代代人的体温、梦境、病痛、低语、倾诉的床板、床头，我情不自禁地对它生出深深的敬意和敬畏——它，不正是一艘古船，涉过时间的深水，运载着一个家族？

母亲说，我的太祖母、曾祖母、祖母都曾睡过这张床。一代代的孩儿都在这里降生、长大，然后分床去做他们的梦；母亲仍然睡在这里，枕着上一代母亲的梦，把自己睡成祖母，睡成一个家族的传说。

我静坐在床前，久久地，久久地，我感到我的先人们并未走远，他们只是在梦里翻了一个身，隔着薄薄的夜色，他们的声息仍停靠在床上。

我听见婴儿啼哭的声音，我听见接生婆用庄重的剪刀剪断脐带的声音，我听见她惊喜地报告"是一个男儿""是一个千金"；我听见月夜里床的颤动，窗外蛐蛐的叫声飘进屋里，与低声的呢喃交织，恰到好处地掩饰了夜的温存和羞涩；我听见祖父的鼾声漫过五更，混合着祖母温柔的呼吸，使民间的夜晚山高海深；我听见父亲翻身的声音，我听见母亲为他捶背的声音，他患风湿病的身体，只有贴近母亲的体温，才能得到缓解，这满床的月光就成了仙药，为他疼痛的骨头止痛；我听见掖被子的声音，我听见挂蚊帐的声音，我听见床前中药罐絮叨的声音，疾病是祖传的，药方是祖传的，文火是祖传的，情义也是祖传的。我闻见了苦涩的药香，我闻见了病的气息和温情的气息，我同时闻见了乳香，闻见了婴儿的体香，窗外草木的气息飘进来，疾病和死的气息退去，弥漫在床上床下的，仍是梦的气息、生的气息，从一个家族血脉里散发出来的莲的香气、薄荷的清气，以及在平淡日子里缭绕的五谷的气息、泥土的气息、炊烟的气息。

我忽然听见水流滔滔的声音，大河一浪浪漫过。

睁开眼睛，看见的仍是这床，仍是这艘古船。

它一动不动，却已渡过时间的大水，搭载着一个家族的生与死、梦与醒、泪与笑。

此时，母亲已经熟睡。我推窗仰望，星光满天，月光泻地，全宇宙的航灯闪烁，银河的船队已到达天庭中央。啊，这小小木床，小小古船（母亲，是小小船长），搭载着一颗心，搭载着许多颗心，也加入这浩瀚的船队，在夜的深海、时间的深海、宇宙的深海，横渡，远航，漂流……

烛台：古老的守夜者

母亲用过的烛台，我小心地保存了下来。我保存了古中国的一抹夜色。

这是她的先人传下来的。先人把他们的夜晚传给她，也把烛光传给她。

面对这方烛台，我看见母亲的夜晚、祖先的夜晚，以及祖先的祖先的夜晚。连续不断的夜，一直向后退去、汇聚，终于浩瀚成历史的深海。

我想象，母亲是怎样用一星烛光，汜渡了她一生的长夜？

烛光里，母亲纺织、缝补、浆洗、读经、静坐，她小小的身影、小小的心跳，是无边夜色里最温情的细节。

烛光里，母亲眺望明月，月亮也踱进窗子，天上的光亮与人世的光亮，相会在母亲周围，争着画她的影子。母亲看见了两个影子，两个影子都是她！月亮的手要领她到天上，蜡烛的手要留她在地上。多好的光啊，它们都这样熟悉她、护着她、安慰她。母亲竟然爱上夜晚了。白昼是相同的白昼、相似的人生，而夜晚，每一个人、每一个命都有自己的影子和自己的秘密，在烛影里飞过的虫儿都有自己的秘密。母亲于是望望窗外，她看见那么多星星挤在窗口看她，她一眼就认出了她最熟悉的那颗星星，那是多年前，她留在天上的一个记号，一个温暖的记号。而地上，她的两个影子，也望着天上，也在辨认闪烁在高处的秘密记号。

蜡烛是泪做的，它的浑身都是泪腺，它必须把泪水流尽，才能走完自己的一生。烛泪，使白昼变浅，使黑夜加深，使天堂的一角变暗，使人世的一角变亮。我能想象，古中国的夜晚，密布着多少烛台，闪烁着多少烛光。女儿们在烛光里绣花，母亲们在烛光里纺织，儿子们在烛光里喂牛，父亲们在烛光里劈柴，僧人们在烛光里入定，书生们在烛光里吟咏；最伟大的诗篇里，那动人的警句也是由烛泪凝成；最贤明的帝王，也曾在烛光里，一夜夜打量他的江山……

就这样，真挚而忧伤的烛光守望了古中国几千年的夜晚。就在这样的夜晚，积攒了厚厚的记忆、厚厚的文化、厚厚的礼仪、厚厚的诗。所以，如果你用心读，你会发现，古中国的记忆、文化、礼仪和她无数的诗书，都天然地带着蜡烛的特征：是真挚的、半明半暗的、含蓄的、忧伤的、克制的。它不诅咒和指责夜晚，相反，它尊敬夜晚，洞悉夜晚的无限和深邃，同时又固执地眺望黎明，殷切地聆听天道轮回的足音。烛光里书写的文化，扎根于博大浑厚的夜之深处，又保持着对光的信仰和钟情。它知道浅浅的白昼后面，紧随着的又是更深沉的夜色、更深奥的宇宙、更深邃的命运。

于是，我们的文化，就是在无边夜色里谨慎、羞怯而忧伤的言说，它从来不狂妄、不张扬、不说尽、不道破，因为黑夜无尽，天道高深，岂是人能说尽道破？然而它毕竟说了，但不是咄咄逼人的雄辩，不是滔滔不绝的倾诉，不是小知小觉的抢答，不是自怨自艾的独白，不是真理在握的宣叙，而是欲言又止，欲辩无言；或是以手指月，你看见了月，同时看见了月亮后面的无边夜空；或是拈花在手，笑而不答。你看见花后面的花海，春天后面的无数个春天、无数个坟墓；它以极少的说暗示无限的不可说，它的最深邃部分不是它说出的那部分，而是没有说出的更大的部分，这就是那弦外之音、言外之意、篇外之趣、韵外之致……深幽的意境、微明的光亮，它的底蕴是那深不可测的夜：宇宙的长夜，生命远方的长夜，时间深处那寂静的永恒长夜。烛的情境，正是生命和人的情境，也是中国文化的情境。

这就是中国古典文化的魅力：有着幽暗的深度和夜一样宽厚的

寄托，同时，它所摇曳的光亮，又是那样诚恳、虔敬。它那含泪的目光，使它象征的一切，都带着高贵的忧伤，纯真的气质和深长的情义。

烛光里，端坐着数千年中国的夜晚。

烛光里，端坐着一代代母亲，我的母亲。

我凝视烛台，曾经，多少个夜晚在这里停靠，多少个黎明在这里降临，多少个人生在这里走远。你分明是时间的驿站，宇宙里的一个圣坛，人世的一个温暖湖泊。每一个夜晚都有一条天河从你的上空流泻，无数个夜晚的无数条天河，都哗哗流下来了，与你的泪光合流，汇聚在这小小的祭台。

汇聚成古中国记忆的深海。

汇聚成母亲的心海……

| 棒槌：河流的尤物

它多是柳木做的。柳生于水边，性柔，经得起水浸雨泡；忠厚的木质，少了坚硬，天性里没有蛮横，不会恃强傲物或以强凌弱。"昔我往矣，杨柳依依；今我来思，雨雪霏霏。"几千年前，它就摇曳成一种意境，依依成一个永恒的动人意象。也许，也是在几千年前，人们发现了它的美，同时也发现了它温厚的内质，在它倒下来，不能"依依"站立的时候，它就依依地躺下，依依地来到母亲们的手中，守在女儿们的河边，温柔地捶打着那等待清洗的衣裳和生活。

我常常想象：从女娲以后，从古中国的天空下出现第一匹布、第一件衣裳的时候，从我的先人们懂得拆洗生活、换洗灵魂的那个早晨或黄昏，水边的柳树，多么聪颖灵秀的柳呀，它一眼就发现，那些待洗的衣裳待洗的日子，它们也发现了它。于是一株柳就俯下来，躺下来，变成一个"一"字，多么简单，简单得就像一，就是一。这盈盈一握，从此就没有离开过女儿们的手，没有离开过母亲们的河，没有离开过我们世世代代的衣裳。

　　我常常想象：古中国数千年的民间，广袤的乡村、市镇、山野，大大小小的无数河流、溪涧、泉池、塘渠，那血脉般涌流交织的清澈水边，那雨后的早晨和夕阳返照的黄昏，忙碌着多少洗衣的女儿，浣衣的母亲，古中国的河流里，交响着温柔又清越的棒槌的声音。

　　这该是怎样动人的情景。男儿们放牧去了，打猎去了，耕地去了，征战去了，守边去了，赶考去了，读书去了，远游去了……留下这千针万线的日子，带回这千山万水的风尘，于是就把它们带到河边，交给清流，洗啊，揉啊，搓啊。负重的岁月和起皱的记忆，需要适宜的手感和腕力，去抚摸去校正去恢复，于是，棒槌举起来，又落下去，一遍遍捶打之后，一次次漂洗之后，一度蒙尘的生活又找回了自己的清洁，一度走样的衣服又找到了自己的式样。于是，清凉的河风里又飘起清新的衣香。

　　我常常想象：古中国的河流，该是世上最清澈的河流，就因为有无数的女儿们母亲们，贞静地守在岸边。她们美丽、安详的面容，抚慰和过滤了每一寸河面每一个波浪，所以，古中国的河水很少断流很少污染，总是长流长清。古中国的河湾，该是世上最婉约最有风情的河湾。洗衣的女儿们母亲们，把她们最隐秘的心情带到水边，把她们赤裸的脚，干净勤快的手交给水，把她们的身影一次次交给水。她们洗衣、抖衣，水里也有许多个影子——她们的影子，也在洗衣、抖衣——是的，她们在漂洗岸上的生活，也在淘洗更深处水里的生活，在淘洗更深处水里的心。于是河湾大片大片的水仙、百合、灯芯草、兰草就茂密地生长起来，一直蔓延到诗里词里歌谣里，蔓延成代代传诵的风雅颂，蔓延成古中国心灵的馨香。

我常常想象：有无数爱清洁爱干净的母亲们女儿们，在世世代代的河边，世世代代为我们洗衣。我们的祖先曾经是世上最清洁的种族，他们穿着干净得体的衣裳，有着温厚儒雅的仪表和风度：身上的钱财也许不多，饰物也不多，但贴身的地方都深藏着道和礼，贴心的地方都揣满情和义，衬衣是诗，领口是词，袖里藏歌舞，鞋上有佳句，一路走过去，踏着平平仄仄的韵。随便一个衣兜里，随时都能掏出琴棋书画；那素净的长衫、对称的衣襟，月夜里风一吹，就衣香满地，捧起来稍加整理，都是一卷卷山水情思、田园意趣、四时豪兴。那被女儿们母亲们用清流漂洗，用棒槌捶打的衣服，总是保持着好看的样式；淡淡的衣香，掺和着书香、墨香、酒香、茶香和草木的清香，经久不息地缭绕在古中国蜿蜒的河岸。

那些河边的石头是幸运的。被女儿们母亲们的身体暖热，它们也有了温润的灵性；湿漉漉的手无数次抚摸了它们沧桑的脸，它们的面容，不再单调呆板，而变得丰富、神秘而生动；最严厉的该是棒槌了，霜晨月夜里，一次次温柔的教诲，恳切的敲打，它们冥顽沉沦的心终于受到震动，并且渐渐苏醒，于是我们总能在古老的河边，找到蕴玉藏金的宝石。

在古中国随便一条河流里，你拾起一块石头，也许都曾是洗衣石，都能发现母亲们的手纹，贴近耳朵，你能听见从诗经的水边，从唐诗的河边，从宋词的溪边，传来此起彼伏的棒槌的声音。

我至今记得母亲在河边洗衣的情景：

将一件件衣服浸在河水里，然后敲开皂角，敷上衣服，放在洗衣石上，揉、搓、用棒槌敲打，皂角的洁白泡沫芳香而弥漫，母亲的手在雪浪里波动。接着，放进清流淘洗、抖摆、拧干，然后晾晒在河边的石头上或杨柳枝上，微风吹来，河边起伏招展着的，都是日子的颜色和生活的式样。

当母亲抬起头来，才忽然发现：被她漂洗过的天空，变得更加宽广湛蓝；被她揉搓过的山色，也变得更绿更深远。

就这样，我们的生活，被爱干净的母亲经常清洗着，虽然朴素，有时还打着补丁，但总是清洁的，飘着淡淡的衣香。

在母亲的身边，在衣服的附近，棒槌，安静地歇息在浅浅的水里，涟漪漾过来，它就随之轻轻荡一下。有时赶路的河水漫过来想把它带走，它漂起来，荡漾了几下，就又固执地回到母亲的手中，依依地，如河边那依依的柳……

父亲和他用过的农具

父亲当过兵、做过矿工，后大半生一直务农。父亲已经快八十岁，干不了农活了。他用过的农具也都退休了，有的已经朽坏，当作"废物"处理了，有的还保存着，安静地躺在不起眼的角落里，抚摸它们，像抚摸父亲经历的那些岁月，像抚摸土地的记忆……

锄头

弯月形的，像下弦月，锄把一动，又是上弦月了，是锄坡地用的那种锄头。据说这种锄头用了至少两千年了，是先人们最早发明的铁器之一。坡地不宜挖得太深，那会造成腐殖土流失，弯月形锄头刃口浅，挖地时点到为止，正合浅山农人使用。我用过这种锄头，挖下去，土顺从地随着刃口起伏，杂草认错似的倒下来，又似乎有点委屈，根仍然抓着土，抓着记忆里的水分。庄稼兴奋地招手，好像看见了白昼的月亮。在天黑的时候扛着这种锄头劳动或走路，人就不容易疲倦，你随时可以用锄头敲击什么，敲敲石头，敲敲树木，敲敲电线杆，有时不声不响，那一定是你用锄头在敲击自己的内心。当月亮出来了，月光照在锄头上，锄头被镀成一个月亮，你是扛着月亮走在路上。为什么土地上的人们再苦再累也不绝望？我就想，肯定是因为他们和月亮的关系，天上有月亮，手里也或多或少握着一点月光，哪怕是握着月亮的影子，人就对日子有了念想。先人们把手中的农具打磨成月亮的样子，按照天上的梦境安排人间的生活，有点理想主义，也很有诗意。大概先人们——很早以前的先人们，就以这种农具为后人立下了遗嘱：活下去，有月亮在，有月亮的影子在，夜再黑，也不会黑得伸手不见五指。

父亲那一代农人，以及更早的农人，把这种锄头叫作：月牙锄。

镐

它的造型简单、坦率，一块铁，中间打一个孔，镶入木柄，就成了农具。这是铁与木头的朴素结盟，通过手，铁深入泥土，闯荡荒野，一直进入农业的深处。一端较粗，有温和的刃；另一端较细，有锋利的尖。它的这种结构令人想起农人忠厚的一面和狡黠的另一面；也令人想起文明可爱的一面和残忍的另一面。镐主要用于开荒和取石这类比较原始而沉重的劳作。后来，修铁路的人们也用它开山拓路。我曾看见一个工人用铁镐在刚刚铺好的铁轨上连敲了几下，当当当，那声音响亮浑厚，也有一点凄凉，这是铁向铁问候，也是铁在向铁诉说苦衷。我们只知道使用铁，敲打铁，锃亮的铁渐渐变成碎屑和铁末，谁注意过铁的痛苦呢？

铁锨

主要用于翻地或取土。像手掌一样卖力地深入泥土，令人想起世世代代那些在泥土里出没的手。有时，也会将土里冬眠的蛇扎成两半，那些正在生育的昆虫也会因为它的到来慌成一团，甚至有死亡的危险。每当这时候，父亲那双粗糙的手会不会战栗和内疚呢？这不是铁的过错，也不全是父亲们的过错。土地原谅了这些过错，土地在暗中帮助那些受伤害的弱小生灵，我们总能随处看见它们谦卑勤劳的身影。而土地也以它含蓄的方式，告诫我们不可在大地上用力过猛，下手的时候要轻一些、仁慈一些。土地是怎样劝说我们的呢？你看，土地悄悄地在铁锨的刃口敷了一层土黄色的泥锈，土地不愿意看见我们扛着过于尖锐锋利的家伙与它打交道。

犁铧

犁铧，如名字一样，其结构正是用犁与铧两部分组成。犁，这个字准确无误地解释了这个字，它是与牛有关系的，确切地说，犁就是套在牛身上的一种类似于枷锁的农具，它由牛轭、犁杠、缰绳构成。通过它，牛从自然界的动物归属于农业，成为农业的成员，成为土地的服役者。铧，是犁的末端部分，是进入泥土的铁。犁地的时候，牛走在前面，犁铧跟在后面，农人又走在犁铧后面，脚踩犁沟，一手握着缰绳，一手扬着牛鞭，嘴里哼着牛歌，唯一忠实的听众是走在前面埋头拉犁的牛。"对牛弹琴"是一个蹩脚的比喻，父亲不理这种说法，他照样一心一意对牛唱歌。忠厚的牛并非全然没有音乐的耳朵，它知道这是农人在与它谈心，向它问候。歇息的时候，牛卧在犁头边静静反刍，它是否在回忆往事？父亲靠在犁头上抽着旱烟，静静地望着远处的青山，他是否也在回忆往事？唉，人啊，牛啊，忙碌了一生，就赚了一笔记忆，供老了的时候反刍。

耙

长方形木框下面，钉满纵横排列的铁钉或木钉。用它将旱田和水田的坷垃碾细，也用于平整土地。操作方式与拉犁基本相同。不同的是，用犁耕地的时候农人是走在犁沟里，用耙碾地的时候农人是站在耙上面，靠牛的力气、人的重量、铁钉或木钉的锋利，将土地碾细或整平。我记得，耙田的时候是农人最潇洒的时候，耙在坎坷不平的土地上颠簸，农人随着耙的颠簸而颠簸，并努力在颠簸中保持平衡。农人的身体时而挺直，时而倾斜，时而左转，时而右旋，时而紧张，时而轻松，遇到急转弯；农人手挥牛鞭，鞭影在空中划过一道半圆；农人的身体随弯度的展开也呈弓形，弯转过来了，农人又挺直了身子，牛歌悠悠从口中流出——这一过程很像在河水里放筏的筏子客，峡谷里惊险，河湾里悠然，在风浪里与命运做着丰富的游戏。后来我看过芭蕾舞，我又觉得父亲耙田的姿势颇像一种芭蕾舞，甚至我觉得比舞台上的芭蕾演出更丰富也更生动，芭蕾舞是再现生活和生命的美。父亲耙田的时候，也就是说父亲上演他的芭蕾舞的时候，整个儿是在直接创造和呈现劳动与生命的美——沉默的牛是美的，唱着牛歌、手舞鞭梢、俯仰旋转着的父亲的身影是美的，从牛背上缓缓下沉的夕阳是美的，是那种含着淡淡伤感的美；甚至那从牛蹄和耙尖下溅起的泥浆也是美的，是那种朴素得近于原始的美。夕阳下起伏的泥浪散发着古老的芳香。

风车

像一匹马站在院场里，走近一看，不是马，是风车。

它大约是农人用过的最精致最复杂的器具，手一摇，就有风吹出来。风是长着眼睛的，或者说，风是长着一颗灵敏的心的，风闭着眼睛，就能辨认出稻麦的轻重虚实，让饱满的颗粒和干瘪的颗粒各走各的出口，风闭着眼睛，就清点了一个季节的农业。

父亲到了老年，仍向人们叙说他年轻的时候与风车合谋干的一件趣事。夏日的一个夜晚，父亲在院场纳凉，看见一对相好的年轻男女也在院场边的柳树下纳凉。父亲躲在暗处，悄悄摇动风车，将风车的风口对准那一对男女，风吹起来，先是微风，接着是中风，最后是大风，然后，又是温柔的微风。那一对男女靠得更紧了，情话也十分柔软，父亲清楚地听见那年轻女子在月光里说：我们的事怕是成了，老天爷也成全我们，这么热的天，吹着这么清凉的风。

记得小时候，我和几个小孩经常围着风车反复揣摩研究：风究竟藏在风车的哪个部位，风肯定藏在风车里面，要不，怎么一摇就摇出风来，如同我们说话，总是在心里憋了许久，才说出来，说出来才畅快。但我们的研究一直没有结果，仍然不知道风车里的风藏在哪里。

直到有一天晚上，我和父亲在麦场里守夜，夜很深的时候，我起来撒尿，看见天上一轮月亮悬得很低，几乎要贴到附近的屋顶，月光里，风车孤独地站着，像一匹孤独的老马，无助地站在夜晚的风里。我情不自禁地说了一句：风车，你好孤独啊。

这时候才忽然明白，风藏在哪里，风藏在风车的孤独里。我们不知道别的事物的孤独和寂寞，当然更不知道一架风车的孤独和寂寞。鸟孤独了就在我们头顶鸣叫，水寂寞了就在石头上溅起水花，风车呢，风车就把它的孤独和寂寞转化成一阵一阵的风，吹向粮食，吹向岁月，吹向风车外面的风。

当我返回被窝，看见月光照在父亲熟睡的脸上，白发和皱纹突然变得那么醒目，父亲的一只手仍伸在被单外面，像要抓住梦境深处或梦境外面的某一样东西。我看看不远处的风车，又看看熟睡着显得疲倦的父亲，忍不住轻轻说了一声：父亲，你好孤独啊。

井绳

通向月亮的路并不是美国航天局发现的。

在美国之前，甚至远在公元前，我们的先人就已经发现了接近月亮的最佳方式。

方法很简单。

只需要一眼井，一汪清澈的好水，一根井绳。

面对水井的时候，要让自己燥热、混乱、凶狠的心静下来，不要怀着总想征服什么的冲动，不要乱折腾，安静一些，内心清澈一些。低下你高傲的头，弯下你高贵的身子，你就会看见，从水里，从岁月深处，一轮干干净净的初月正向你升起，并渐渐走向你，走进你的生活。

美国航天局用了很大的劲爬上了月亮，只抓了几块冰冷的石头拿回来让人类看，让人类扫兴，让人类的神话和童话破灭，让孩子们面对冰冷的石头再不做美丽的梦。

美国航天局让人类离月亮越来越远，离石头越来越近。

我父亲不知道人类的宇航船在天上折腾些什么，我父亲心目中的月亮仍是古时候的那个月亮，那是神秘的月亮，是嫦娥的月亮，是吴刚的月亮。我不读诗的父亲也知道，李白打捞的就是水里的这个月亮。

我父亲几乎天天都要和月亮会面。在他漫长的一生中，他一直都在打捞水中的那个月亮。

你见过我父亲在月夜里挑水的情景吗？

他望一眼天上的月亮，他微笑着低下头来，就看见在井水里等着出水的月亮。

我父亲就把月亮打捞上来。

两个水桶里，盛着两个月亮，一前一后，猛一看，是父亲挑着月亮；仔细看，就会发现是两个月亮抬着父亲，一闪一闪在地上行走。

通向月亮的路是多长呢？

据美国航天局说是三十八万公里，走了三十八万公里，他们到达了一块冰冷的石头。

我丈量了一下父亲用过的井绳，全长三米，父亲通过这三米的距离，打捞起完整的月亮和美丽的月光。

审美是需要保持距离的。取消距离，美国得到一块冰凉的石头；谦卑地、怀着敬畏守着一段距离，我的父亲披着满身满心的圣洁月光。

我发现，美国是一个会折腾的技术员，父亲是一个与天地精神往来的美学家。

为什么要去解剖一个美女呢？为什么要把天地的奥秘都去洞穿呢？为什么要用冷冰冰的技术去肢解万物的大美大神秘呢？而现代科技就是要肢解和解剖万物，捣毁一切神秘，埋葬一切神圣，直到把一切都变成满足人的贪欲的消费物，变成垃圾。想起来真是可怕。

我记得父亲的那根井绳，三米的长度。三米之下，就能触到孔夫子和李白的那个月亮；三米之上，到处都是伸手可掬的白银一样的月光。

独轮车

独轮车也叫手推车。一对车把，一个轮子（木轮或橡胶轮），一个盛东西的车筐。这大约是世上最简单的车了。它简洁地说出了父亲那辈人的生存状况，也多多少少说出了所有人的生存状况：你必须独自推着你面前的重量向前方行走。

人在少年或青年时代都难免对人生抱着太多的理想化的想象，

也就难免有些轻狂或张狂。我的少年和青年也是这样，虽然生存并没有给我投来太多理想的阳光，倒是过早也过多地降下了阴云和冷雨，但过热的血，过量的对于生命的激情，仍使我对生活充满了浪漫的想象——而我以为这是人生应该永远保持的一份诗意和纯真。诗意和纯真是很好的，但也使我有意或无意地忽视和无视人生的艰难、灰暗和命运的孤独悲苦，常常对着雨后的彩虹，对着静夜繁星满天的宇宙，对人生做一些浪漫的设计，而全然不管也不想：在浩大的宇宙里，其实做一颗星或做一只小昆虫，都很孤独，都很不容易。

是父亲的独轮车让我忽然看到了生存的另一面，我不愿看到的那一面。

那是一个下雪的日子，父亲到水库工地上去筑堤坝。天黑了很久，他还没有回来。我约一个小伙伴去水库寻找父亲。

远远地我们看见一些身影，在四周反射的雪光里显得很黑。我们第一次发现劳动的身影是这样黑。在黑的身影里，我们看到了父亲和很多劳作的人。几乎每一个人都推着独轮车，每一个人的动作、身影都是相同的。我和小伙伴在一大堆模糊雷同的身影里寻找父亲。最后，我们找到了，那个腰弯得最低的身影，就是我的父亲。

父亲身材高大，而独轮车很矮，他必须深深地弯下腰，才能推动这一车沉重的泥沙。劳动者必须在劳动面前弯下腰，人必须在世界面前弯下腰，才能与他从事的劳动、与他面对的世界达成默契。这时候我想起了我所看见的一切劳动，想起了沉浸在劳动中的人们，其姿势都是谦卑的。没有一种劳动是在趾高气扬中进行的。我似乎明白了，劳动，是人低下头来对世界的一次妥协和皈依。

当时，我还没有足够的力气推动一车泥沙，也无法从旁边帮助父亲推车，就看着父亲大汗淋漓地在风雪里推着车往返（多年后我终于明白：许多劳动、许多命运都是孤独无助的，就像父亲在那个雪夜里反复推运着一车又一车泥沙）。

终于收工了，父亲和一大群人离开了工地，只剩下一辆辆独轮车站在雪夜里。每一辆车都离得那么近，独轮车的旁边是另一辆独轮车。一辆车无法取代另一辆车承受的重量和压力，一辆车也无法减少另一辆车的孤独。走了好远，我回过身看堤坝上那些独轮车，落雪已渐渐将它们染白，在白茫茫的寂静里，它们各自的孤独汇成一片更大的孤独……

斧头

少年时，我曾做过一个游戏，将父亲用了好多年的那柄斧头，偷去埋在挖野菜的山梁上，然后栽了两棵树作为记号，设想着再过几年挖出来，看斧头会变成什么样子。

后来在外地上学、谋生，就忘了这件事，忘记了被我埋掉的那柄斧头。

年岁一长，便渐渐回忆起往事来。也就明白了"记忆是一个人的神话，神话是一个民族的记忆"，也就记起了在我平淡的少年岁月里，也有着一个斧头的神话。

在我记忆中深埋的那个斧头，会是什么样子呢？

那年回家，我在那个山梁上找到了两棵高大的橡子树，我当时栽的那两株小树正是橡子树。在两棵树之间，埋着我早年的神话。

我小心翼翼地挖掘，如同考古学家挖掘远古的墓葬，我小心翼翼地挖掘着我的记忆。

刨去表层的腐殖土，刨去岁月的尘埃，我一点点接近时间深处的东西。

根，根，仍是根。纵横交织的根。老根、新根、粗根、细根。我被密集的根挡住了去路。

在根与根之间，我继续挖掘搜寻。

终于，在根的深处，在根的手互相紧握的地方，我触到了一个硬物，潮湿的泥土芳香笼罩着它，根的手指缠绕着它。我看见它了，它锈在泥土里，安卧在地层深处的温暖里，它已经与泥土打成一片。

一个曾经在地面上显得十分锋利和明亮的东西，多年了，已经习惯了地下的幽暗宁静。在根的把握里，在泥土和地气的劝说下，它正在慢慢地变成别的事物。

我久久地凝视着它。

最后，我将刨起的土还回原处。我告别了我早年的记忆。这再一次的掩埋，使我的记忆更深沉，我用记忆掩埋了过去的记忆。

我知道这是永恒的告别。从今，那个烙满父亲手纹也印着我的手纹的斧头，将在寂静的泥土里远行，像一个人走在自己的命运里。

起风了，橡子树叶互相拍打着，发出金属的声音，我知道，这些树叶的手掌，正是从泥土里汲取了金属，那也是我记忆中的金属。

人总是在他的岁月里埋藏一些什么，比如埋一柄斧头，埋一个永远孵不出天鹅的鹅卵石，或是埋一些泪水，埋一段眷恋……

蓑衣

用棕，有的用稻草织成。一种雨具。在多雨的南方，人们用它遮挡过数千年的风雨。在雨季，在插秧、锄草的时节。农人们披着它，走进自己有些潮湿的生活。天上漫着灰色或黑色的云，地上也漫着棕色或稻草色的云。这时候，你看不见劳动的姿势和劳动者的表情，你只看见，天上和地上，都漫着忧郁、潮湿的云。

我至今记得少年时的一个情景。那天下午，天暗得几乎要黑下来，接着是一阵又一阵炸雷，梁上的燕子都钻进巢里，不发出一点声音。猫躲在灶边，蓝眼睛里闪着忧郁和恐惧。忽然大雨开始了，那真正是天河决堤。这时候，父亲披起那件棕色蓑衣，独自走进大雨。他说，秧田的田埂会决开一个口子，那会把田里刚插上的秧苗都卷走的，他要去堵住那个口子，让雨水缓缓漫出田埂。我看不见父亲的背影，我只看见在雨雾里移动的蓑衣，很快，蓑衣也看不见了，只有猛烈的暴雨。

多年了，我仍记得那个雨中的情景。父亲有许多缺点，都可以原谅，世上的大多数人，都有许多缺点，也都可以原谅。对那在生活的风雨中劳苦挣扎的人们，多些念想和尊敬吧。父亲在雨声中的那句话仍在我耳边回响：我要去堵那个口子。是的，生活中，每一个人都要去堵一些口子，有时，要冒着可怕的风雨。

夯

一块方形或圆形的石头，当然是有足够重量的石头，镶上木柄和横杠，就叫"夯"。一个人或两个人均可使用，抬起或提起横杠，使石头尽可能高地离开地面，然后砸下去，产生的重力即可以砸平或夯实某些东西，比如一段路面，一个堤坝，或一段生活。

在人的一生中，不管你用过夯还是没用过夯，其实我们都在用力使某些东西变得结实一些，变得可靠一些。细想来，我们每个人其实都是命运手中上下起落的一只夯，有时为了夯实一段爱情，有时为了夯实一点友谊，有时为了夯实一种信仰。尽管一切都是如此脆弱和易朽，但只要我们仍被命运握在手里，我们就不由自主地想夯实一些什么。

父亲当年夯过的那段河堤早已塌下去了，夯也埋在沙土里，或许已被风化。河水仍在哗啦啦流着。在流水之外，一些看得见和看不见的夯仍在上下起落着，用力夯实一些什么。